U0798702

刘丽

新时代的好工人就应该端好技术这个“金饭碗”，练就一身“金刚钻”，干出精气神、干出高质量，为油田负责一辈子。

“大国工匠人物传”丛书

刘丽

油田里的创新能手

肖滋奇◎著

中国工人出版社

国之大者，工匠先行

——“大国工匠人物传”丛书总序

在新中国成立75周年、中华全国总工会即将迎来成立100周年之际，中国报告文学学会、中国工人出版社联合推出“大国工匠人物传”丛书，向伟大的祖国献礼，向广大劳动者致敬！

“知者创物，巧者述之守之，世谓之工。百工之事，皆圣人之作也。”这是中国所见年代最早的关于手工业技术文献《考工记》中对工匠的记载。“工”之责在于造物，“匠”者为能工鼎识者也。

幼时，老家云南昆明大板桥的老街上，从南头到北头，都是大大小小的手艺人，木匠、石匠、焗匠、骟匠、竹篾匠、鞋匠、箍桶匠……空气中飘荡着木匠的刨花香和石匠敲打出来的粉尘，充满着焗匠手中皮带的“吱扭扭”声、骟匠刀下小猪猡的闷哼、箍桶匠皮锤不轻不重的敲击声。老街上的竹篾匠是我的一个表姨夫，他来自四川，有着一手出神入化的编造竹篾手艺。粗壮的毛竹是表姨夫手中的“百万雄兵”，在一把锋利无比的刀的指挥下，被劈成厚薄、粗细不一的篾。表姨夫的本领仅次于撒豆成兵的天神，他能化篾成物，一般家里能见到、用到的器物，他都能用竹篾编出来。母亲曾命我在老街上买一个暖水瓶的内胆，然后去表姨夫的摊位上，坐等他为暖水瓶胆编制一件竹制的外壳。那个暖水瓶至今还在我家老屋的一个角落里。竹篾壳早已被岁月包了浆，虽然久不使用，却依然油润、红亮。这便是我幼时对匠人的记忆。

五千多年的中华历史长河中，涌现出了无数能工巧匠，他们或如明月光照，或如星河璀璨。一代代薪火相传的工匠精神，不仅成就了那些流芳百世的绝世建筑与器物，更是烛照我们通向文明现代化进程的精神之光，是我们文化的自信心、民族的根与魂。

从“嫦娥”探月到“祝融”探火，从“北斗”组网到“蛟龙”深潜，从港珠澳大桥横跨三地到大兴国际机场凤凰腾飞……这些挺起中华民族脊梁的大国重器、世纪工程背后，无不凝聚着万千工匠的心血和汗水，映照着工匠们孜孜以求、拼搏奋进的身影。

本套丛书收录的是全国总工会历年评选出的大国工匠

的人物传记。他们当中有焊接高铁的“工人院士”李万君、打破国外高端设备维修垄断的王树军、让中国锻件立于世界之巅的刘伯鸣、“人刀合一”的顶级钳工李凯军、在高空“穿针引线”的竺士杰、油田里的创新能手刘丽、了不起的“钢铁裁缝”艾爱国、数控机床上的“雕刻师”孟维、让三星堆文物“活”起来的郭汉中……他们有的是传统加工业的锻造者，为了突破技术瓶颈精益求精；有的是新兴制造业的探路者，为了实现精密制造巧思妙想；有的是军工行业的铸剑者，为了打造国之重器默默坚守；有的是民间手工艺的守护者，为了传承非遗文化精雕细琢……他们奋战在国防军工、装备制造、传统工艺等行业的第一线，以久久为功的钻研和创新，造就了一个个传奇。

这些杰出的工匠，尽管行业不同、岗位不一，成长经历各异，但他们都有着爱党爱国、敬业奉献、创新争先的优秀品质。他们耐得住清贫与寂寞，用灵巧的双手和精湛的技艺，数十年如一日地在平凡的岗位上雕琢自己心中的梦想，以实际行动诠释着“执着专注、精益求精、一丝不苟、追求卓越”的工匠精神。“天下大事，必作于细。”工匠精神既是中华民族技艺世代传承的价值理念，又是中国开启新征程，从制造业大国迈向制造业强国的时代需要。

“大国工匠是我们中华民族大厦的基石、栋梁。”2024年3月5日，习近平总书记参加十四届全国人大二次会议江苏代表团审议时强调“树立工匠精神”，指出“没有金刚钻，揽不了瓷器活”，要“把第一线的大国工匠一批一批培养出来”。党的十八大以来，习近平总书记对建设高素质劳动大军高度重视，强调“当代工人不仅要有力量，还要有智慧、有技术，能发明、会创新，以实际行动奏响时代主旋律”，深刻阐述工匠精神“执着专注、精益求精、一丝不苟、追求卓越”的内涵要义，号召全社会弘扬工匠精神，“为全面建设社会主义现代化国家、实现中华民族伟大复兴的中国梦提供有力人才和技能支撑”。

“匠心聚，百业兴。”无论是传统产业，还是新兴产业、未来产业，大国工匠在发展新质生产力的历史进程中不可或缺。随着经济发展方式转型和产业结构升级，中国要实现由制造大国向制造强国的转变，实现由中国制造向中国创造的跨越，离不开广大劳动者的创新和创造，更离不开对工匠精神的继承和发扬，于是呼唤更多大国工匠成为时代强音。

文艺是时代进步的号角，最能代表一个时代的风貌，最能引领一个时代的风气。中国报告文学学会、中国工人出版社联袂推出“大国工匠人物传”丛书，以图书的形式为大国工匠树碑立传，让他们的故事和精神具有更广泛的交流传播价值和长久的史料价值。本套丛书的写作者奔赴大国工匠生活的城市，深入大国工匠工作的厂区、车间、工作室，获取了全面细致的第一手材料，最终将大国工匠的成长、成才故事呈现在读者面前。

“大国工匠人物传”丛书讲述的是个人奋斗史，也描绘出大国工匠的群体形象。可以说，这套丛书是目前国内系统研究众多大国工匠人生轨迹的权威读本，既有对每位大国工匠的整体介绍和事迹梳理，又有具体的事件、案例，全面、生动地展示了大国工匠各个人生时期的工作和生活状态。

新时代是奋斗者的时代，中国式现代化建设新征程这一宏伟事业为广大工匠技能人才成就梦想提供了广阔舞台。每位劳动者都是主角，都可以成为工匠精神的践行者。大国工匠是新时代的最美奋斗者，更是和平年代当之无愧的英雄。

国之大者，工匠先行，向着中华民族伟大复兴的目标砥砺奋进，行稳致远。

是以为序。

于 2024 年仲春

目 录

第一章 传承父辈石油梦

代代相传的石油情

近代历史上，中国曾被认为是一个贫油国。新中国成立后，国家投入大量人力、物力进行石油勘探和开发。1959 年 9 月，东北松辽平原石破天惊，松基三井喜喷工业油流，一个世界级特大型陆上砂岩油田宣告诞生。时值新中国成立 10周年前夕，油田因此取名“大庆”。从那时起，大庆油田就流淌着红色基因。

大庆油田的卓越贡献已经镌刻在伟大祖国的历史丰碑上，大庆精神、铁人精神也闪耀在共和国的精神星空中。时代不断赋予这种精神新的内涵，并在一代又一代共和国建设者的生命中延续奔流。

刘丽的父亲刘文生是一名军人，解放战争期间参加革命，抗美援朝中屡建功勋，屡获嘉奖。同时，他也是大庆油田的第一代石油人，是这面旗帜下的一名“老会战”。和众多的“油一代”一样，他不断地向儿女们讲述着“铁人”

佩戴部分军功章的刘文生

王进喜等模范人物的事迹，讲解着大庆精神、铁人精神的真正含义，满怀期望地将儿女送到火热的石油生产第一线。

1974 年 3 月 23 日，刘丽和双胞胎妹妹刘霞一起来到了这个世界上。父亲刘文生和母亲许贺玲都是大庆石油会战的“油一代”，受父母影响，姐妹俩从小就对石油和石油人产生了浓厚的兴趣，在她们的问题库里经常出现“石油是什么、王进喜是谁、铁人精神是怎么回事”等一系列问题。闲来无事，幼小的刘丽常和父亲一起擦拭那些大大小小的奖章，听父亲讲每一枚奖章背后那些带着硝烟或原油味儿的故事，这是刘丽上的人生第一课。似懂非懂中，父亲说的“在关键的时刻敢于冲上去，无畏才能赢”，为刘丽的人生画卷涂上了勇于拼搏的底色。

“巩固成绩，继续努力”

刘丽和双胞胎妹妹刘霞是家里最小的孩子，但从来没被父母溺爱。当过兵、打过仗的父亲对孩子的要求极为严格，这也使孩子们的自我约束力不断增强，这种自律内化为刘丽性格的一部分。在少年时代，父亲传承给刘丽最宝贵的东西是学习的好习惯。

小的时候，刘丽对父亲的印象除了严格和忙碌，就是父亲特别喜欢做两件事：看报纸和练书法。这样的好习惯从部队一直坚持到离休，从未间断过。第二采油厂最初的厂志就是父亲编写的，清一色的工笔小楷，尽显书法功底。

刘丽特别喜欢看父亲伏案写字的样子，父亲就是她的偶像，激励着她做好每一天的功课、读好每一本书。“养成学习的好习惯很重要，会让人一生受益。”父亲多次说道。自小学到技校，再到报考职工大学，刘丽的成绩一直十分优异，在班级里始终是前三名，这与父亲的关心和教诲不无关系。

从小学开始，刘丽、刘霞考试的每张卷子，刘文生都会从头到尾仔细地看一遍，把孩子们做错的地方再讲解一次，并且要求她们重做一遍，最后会在卷子上签上八个字——“巩固成绩，继续努力”。

这八个字，工笔小楷，写得方方正正、认认真真，寄托着父亲对女儿深深的期望。这八个字，父亲从姐妹俩上小学开始，一直签到了技校毕业，用秃了的毛笔刻下了坚持的印迹。

这八个字，激励着始终在同一学校、同一年级的刘丽、刘霞姐妹俩不断地互相超越。

这八个字，朴实无华，却成了刘丽学习、工作与生活的座右铭。她几十年如一日地践行着父亲的愿望，为她始终都能成为班级中的“学霸”、工作中的佼佼者起到了很大的作用。

“巩固成绩，继续努力”，不仅让刘丽和刘霞继承了“好好学习”的习惯，也丰富着刘丽的精神世界——做人也要像父亲写字那样，方方正正、认认真真。

刘丽的妹妹刘霞正在岗位上工作

技校走出的五级工

1990 年 7 月，刘丽、刘霞迎来了人生中第一个转折点——从大庆第二中学毕业。她和妹妹面临着十分重要的人生选择：一是继续读高中，将来考大学；二是报考技校，并在三年后直接参加工作。

从学习成绩来说，姐妹俩都是学校公认的尖子生，任何一种选择都会如其所愿。学校的老师和同学们也对她们考高中、上大学抱有很高的期望。但是，两个孩子都报考了第二采油厂技工学校（以下简称二厂技校），这着实出乎大家的预料。

实际上，这个决定是姐妹俩和父亲商量之后，慎重做出的。因为家中里里外外的活儿，姐妹俩从小都会操持，能吃苦，适合当一名传承手艺的工匠。

就这样，1990 年 9 月，刘丽和妹妹刘霞以优异的成绩一起考进了二厂技校。当时考技校也并非易事，录取比例仅为 13∶1，姐妹俩双双上榜更是难得。

有人为姐妹俩惋惜，说一个学习尖子和一个全面发展的好学生都去读了技校，将来去当工人实在是浪费才华。刘丽初中的班主任更是为她感到惋惜，一直建议她读高中、考大学。甚至刘丽在技校已经学习了半年以后，那位班主任还找到当时对刘丽考技校持反对意见的大姐刘英，让她回家去做父亲和刘丽的工作。但这丝毫没有动摇刘丽坚持上技校的决心，报到时父亲说的话深深地印在她心里："人这辈子最重要的是能够自立自强。只要你足够优秀，当了工人一样能上大学！"

"不能让父亲的愿望落空。"带着这种信念的刘丽坚定了在二厂技校读书的决心。

到了技校以后，父亲告诉她："学知识就要学好，干工作就要干好。做不到这个'好'字，就不如不做。"在

刘丽（右一）和父亲在一起

技校学习期间，刘丽一直牢记父亲的叮嘱，刻苦钻研，反复练习，从理论到实际操作仍一如既往地抢眼，各项成绩一直名列前茅。

当时技校毕业生都是包分配的，一进学校就相当于已经有了“铁饭碗”，所以，考上技校后有的学生就不再像以前那样拼命地学习了。刘丽姐妹俩则不然，到了技校依然你争我赶。刘丽争的是保持年级第一，而刘霞赶的是不被姐姐落下。

两年在校学习加上一年的实习，刘丽的学习成绩在班级一直遥遥领先。毕业前，学校根据学习成绩挑选出 20 名优秀的学员组成一个考级班，进行统一培训，帮助他们冲击五级工。刘丽和刘霞姐妹俩都以优异的成绩成为考级班的一员。训练很辛苦，经常是早上天不亮就到学校训练，晚上伴着月光回家。姐妹俩虽然是女生，但和男孩子们一起训练，从不喊累，从不掉队。

为期三个月的培训结束后，培训班的学生们参加了大庆油田统一技术考试，包括刘丽和刘霞在内共有 12 人通过考试成为五级工。一个技校女学生刚刚毕业就是五级工，确实让人羡慕不已。当时左邻右舍见了面就夸：“你看人家老刘家两个姑娘，不但都考上了二厂技校，还都是五级工，真厉害！”每当这时，刘丽的父亲都会笑得特别欣慰。

第二章 一生前进的灯塔

到苦和累的地方去

结束了三年的技校学习生活，1993年8月，姐妹俩终于穿上了渴望已久的工装，正式成为光荣的石油工人。

因为学习成绩突出，五级工的刘丽获得了双向选择的就业机会，她可以在大庆油田范围内挑选就业单位。但是，父母以前都在第二采油厂工作，刘丽自幼就对第二采油厂产生了深厚的感情，她毫不犹豫地选择了在第二采油厂开始自己的职业生涯。能够成为第二采油厂的一员，是刘丽一生的荣幸。但是，在选择去采油 48 队还是去采油 49 队时，刘丽和父亲产生了小小的分歧。

在大庆油田，采油 48 队和采油 49 队同样历史悠久。但采油 49 队是石油工业部“治水夺油先进集体”和“‘两论’起家、勇攀高峰的采油队”，是和“铁人”王进喜的

刚参加工作的刘丽在苦练操作技能

1205 钻井队齐名的队伍，从技校走出的青年工人哪个不渴望加入有这样荣誉的集体呢？但父亲建议刘丽去采油 48 队。对于父亲的想法，刘丽不太理解：既然可以选择，为什么不去条件更好、离家更近的采油 49 队？

父亲对刘丽说："采油 48 队工作虽然苦点、累点，但更能锻炼人。现在需要你去奋斗，而不是躺在现有的荣誉上享受安逸。"领会了父亲的用意，刘丽听从建议选择了采油 48 队。多年后，刘丽接受媒体采访时说："我是和采油 48 队一同成长起来的，是这支队伍锻炼了我，我非常感谢父亲为我做的选择。"

有父亲这样一个"老会战"做人生的向导，刘丽多了一分智慧和从容。"上班好好干，绝不能给我这个'老会战'抹黑！"父亲的话牢牢地刻在了刘丽心里，成了她工作的座右铭，激励她在平凡的岗位上不断挑战、不断超越、勤奋工作、争创一流，翻过了一座又一座高峰，挑战了一个又一个不可能。

"在关键的时刻敢冲上去！"这是出生入死的战斗英雄父亲对刘丽的鞭策；"今天，你冲上去了吗？"这是刘丽时时刻刻对自己的提醒。她无愧于"虎父无弱女"，她做到了。

“我要上大学！”

随着工作时间的增长，接触的专业领域逐渐深入，刘丽愈加感觉到所学知识的局限。刘丽早已给自己定下了更高的目标——成为一名优秀的、能够解决更多实际生产问题的、能够对旧的工艺流程和设备进行革新的采油技师。刘丽下定决心，要考大学，当一名有“学问”的采油工。

“我要上大学！”这天下班一回到家，刘丽就对父亲说出了自己的想法。

父亲注视了一会儿女儿，轻声说：“那年，你初中毕业，爸爸主张你上技校。你呢，看爸爸妈妈退休了，想早点参加工作，就报考了技校。以你的学习成绩，读高中、考大学应当不成问题。这些日子我也在想，爸爸是不是耽误了你，有点对不起你。”

“爸，您怎么这样说呀，是我自己最终决定上技校的，您不要自责。再说了，只要女儿努力，机会永远都会有的，您说是不是？”

“爸，任何选择都有得有失，过去了就不要想那么多，就说现在吧，我们在职工人可以报考职工大学，单位特别支持，我也想听听爸爸的意见。”刘丽说得很兴奋。

“爸爸当然支持你。我也听说职工大学这件事了，正想和你说呢，你倒先找我来了。这是件好事，工作学习两不误，爸爸坚决支持。不过，有两个条件：一是不要耽误本职工作；二是报考的专业要和工作对口，咱上大学是为了更好地干工作，而不是找机会逃避。”

“我一点逃避的思想都没有，这辈子就当采油工，您放心吧。”

“好。但是，考职工大学和考常规大学一样，都不是容易的事。边工作边学习，很辛苦，你有把握吗？”

“爸，您放心吧，我好好复习一年，保证以优异的成绩到大学去报到。然后呢，我再好好学习大学课程，保证以优异的成绩从大学毕业。”

“双保证！我相信你有这个能力。”

“好。那我明天就去报名，下周调整一下学习计划，开始复习，迎接高考。”

刘丽于 1993 年秋天技校毕业，参加工作。当时单位有规定，想要考职工大学，必须先参加厂里的考试，通过后才能参加高考。

1994 年秋天，在刚刚 20 岁、参加工作正好满一年的时候，刘丽以优异的成绩通过厂里的考试后，获得了参加成人高考的资格。她便参加了高考补习班，准备迎战第二年的全国成人高考。

有梦想的人不怕苦，刘丽的字典里没有“退缩”二字。妹妹刘霞也不示弱，“你考大学？不能让你落下，我也考。”就这样，姐妹二人同时开始向职工大学发起了冲刺。那时刘霞在单位倒班，白天学习时间很多。而刘丽上白班，只能利用晚上时间去学习。每天一下班，刘丽连饭也顾不上吃，乘公交车直奔位于萨尔图长途客运站附近的补习班而去，一直学习到晚上九点，再乘坐最后一班公交车回家。大半年的时间，风雨无阻。

在大庆油田，不知有多少无私奉献的“油一代”护送着自己的青春儿女成为“油二代”，披星戴月，迎风斗雪，不倦前行，传递着燃烧不息的精神火炬。

风雪中的父亲

在刘丽求学的路上，父亲依旧在默默地守护着她，支持着她。有了父爱相伴，刘丽求学之路走得很坚定。

从车站下车到家还有十几分钟的夜路，年近七旬的老父亲担心她害怕，每天晚上都去车站等她。等待孩子的每一个夜晚，父亲并不轻松。夏夜里，蚊虫叮咬着他；冬夜里，风雪包裹着他。就这样，刘丽坚持了多久，父亲就坚持了多久。那个腊月的雪天，呼啸的北风夹杂着雪花扑面而来。刘丽出门前再三叮嘱父亲，今天天气不好，一定不要再出来接她了。父亲点头答应了。

父亲一直是刘丽成长过程中最好的依靠

晚上回来，天气变得更差了，坐在公交车上的刘丽看着外面下的大雪，想着要独自回家，心里也有些忐忑，但仍不断地给自己打气壮胆。

但是在下车的一刹那，她一眼就看到，身上落了厚厚一层雪花的父亲定定地站在那里，像一块磐石，岿然不动。刘丽既惊喜又心疼，默默地走到了父亲身旁。他的眉毛已经白了，身体也显得有些僵硬，身上却散发着难以名状的温暖。刘丽什么也没有说，挽起父亲的手臂往家走去。

回去的路上，刘丽忽然发现父亲左腿走起路来一瘸一拐的。问了半天，父亲才告诉她："来时路太滑，摔了一跤，没什么大碍，只是有点疼。"刘丽的鼻子一酸，强忍着眼泪在眼窝里打转。20 年的岁月，有多少艰难，都是父亲搀扶、引领着她走过的。

"爸爸，我不去补习班上课了，以后在家里自学行吗？这样，既省钱又省时间，还不用你这么晚来接我。"刘丽低声地说。

父亲皱了皱眉："我知道你是个聪明、勤奋的孩子。但想自学考大学还是不如上补习班把握大。咱们搞石油的人，只要认准的事情，就要拼尽全力去实现，不管过程多难都应该坚持下去，干到底。你好好复习，把大学考上，这才是对爸爸最好的报答。”

父亲的背已经不再挺拔，岁月早已把它压弯，但在刘丽心里，这就是她的脊梁，撑起了她的整个天地。

1995 年 5 月，刘丽在当年的全国成人高考中取得了 500 分的优异成绩，在大庆市排名第二，考取了大庆职工大学，实现了愿望。

一生的遗憾

父亲在学习方面对她的支持和做出的榜样，不但使刘丽学业优异，还使她受益终身。不断地读书充电成为她生活的常态。几十年中，刘丽从来没在午夜 12 点之前睡过觉。她要整理工作日志，准备第二天的教案，在计算机上寻找新的技术信息做革新成果设计。

在奋斗的过程中，她取得的每一点进步，获得的每一项荣誉，都会第一时间向父亲汇报、送呈父亲过目。虽然后来刘丽的工作越来越忙，父女俩经常好多天也见不上一面，但父亲依然时时刻刻通过报纸、电视，关注着女儿的成长。

2012 年，刘丽正在夜以继日加班加点忙着编写《油田

刘丽所获的部分奖章奖牌

公司岗位指导手册》书稿时，却收到了父亲去世的噩耗。她与父亲告别时，泪水伴着揪心的剧痛流了下来，她不仅失去了一位好父亲，也失去了一位人生导师。

在整理父亲遗物时，刘丽发现，她小时候经常和父亲一起擦拭的那些奖章，早就被父亲归拢到一个角落里，取而代之的是自己这些年来在工作中获得的各种奖章。父亲按时间顺序把它们排列得整整齐齐，并擦拭得干干净净。触摸着这些奖章，刘丽感觉每一枚奖章上都有父亲的温度。

在父亲的书桌上，父亲的书法作品琳琅满目。刘丽发现，父亲写得最多的还是那八个字——“巩固成绩，继续努力”。

刘丽含泪把字幅小心地收好。在她心中，这是父亲的鼓励和鞭策，胜过千言万语。“父亲就是我的人生坐标，是我前进路上的灯塔，是照亮我一生的光。”刘丽说。在这束光芒的指引下，刘丽一步一步走向更高的舞台，取得了一个又一个荣誉。

无论走得再高再远，刘丽始终没有忘记父亲对她的嘱托：永远当个好工人。每当取得了新的成绩，刘丽都会到父亲的照片前，向父亲汇报，仿佛父亲就在自己的身边，未曾离去。

第二章 女匠才露尖尖角

采油 48 队，我来了！

1993 年 8 月的一天清晨，四个朝气蓬勃、热情似火的年轻人打破了大庆油田第二采油厂采油二矿采油 48 队的宁静，霎时为这个采油老厂、上产大户增添了勃勃生机。20 岁左右的男孩、女孩面露新奇与喜悦，其中一个朴素腼腆的女孩温和地微笑着，她就是刘丽。

与采油49队相比，采油48队虽然稍显逊色，但同样是一个有着悠久精神传承史和创业史的光荣团队。建队之初，采油48队就有了享誉石油工业战线的四个第一：第一个使用清蜡绞车，第一个进行偏心注水试验，第一个使用自制刮蜡片清蜡，第一个进行水井作业试验。这些成绩的取得，可见其对技术革新的重视与追求。

来队第一天，老师傅带领几个年轻人参观了采油48队荣誉室，上了一堂生动的企业精神教育课。在荣誉室里，刘丽看到了许多具有时代烙印的老照片，有"老会战"们早期居住的"干打垒"，有集结智慧的"土"工具。一枚枚珍贵的奖牌、一个个感人的故事、一步步闪光的足迹，记录着一代又一代采油48队人攻坚克难、永争一流的责任与担当。

年轻人们看到这些，内心瞬间对这支队伍充满了崇敬，深深地爱上了这里。刘丽也暗下决心，自己已经正式成为一名采油女工了，一定要干出个采油工的样儿来。

刘丽的父亲刘文生作为第二采油厂建厂时的"元老"，又是离休干部，按理说完全可以找领导给刘丽说说情，安排个"好岗位"，让她的工作清闲些，少吃点苦。

但是，在刘文生的"指示"下，上班第三天，采油

采油 48 队队部

48 队队长就让刘丽独立顶岗，管理 6 口被作为“门面岗”的路边井。当时，采油 48 队正在争创大庆油田的金牌采油队，这几口井是必查井，其重要性和管理难度可想而知。

来了几天的小丫头就独立管这几口井？不是“故意难为人”吧？这在别人看来几乎是难以想象的，但刘丽觉得备受鼓舞。她不知道这是父亲的意思。她想，这是领导对她在技校取得优异成绩的一种奖励，是对她入厂这几天表现的认可。19 岁的女孩心气儿高、不怕难，正所谓“初生牛犊不怕虎”，刘丽摩拳擦掌，接受了挑战。

当时，这 6 口井管理水平参差不齐，管理难度较大。为了迅速提高管理水平，刘丽起早贪黑地忙碌在井场上。时值盛夏，烈日炎炎，稍微一活动汗水就顺着脸颊淌下来，工服总是湿湿的，裹在身上难受极了。到了晚上，蚊虫猖獗，稍不注意就被叮咬一口，弄得浑身是包，奇痒难耐，抓来挠去，身上就留下一条条血痕，汗水浸过的时候会钻心地疼。

井场上的工作，每天都要和各种“铁疙瘩”打交道，一不小心就会碰得身上青一块、紫一块的。每天回家，经常是新伤盖旧伤。女孩子细皮嫩肉，不像男子那样皮糙肉厚，没有点儿毅力，还真坚持不下去。

作为家中最小的双胞胎女儿之一，工作中刘丽没有表现出一丝被父母、哥哥姐姐宠溺的娇气，实在令人感到意外。一直细心观察着女儿工作表现的刘文生，看到女儿这样敬业，十分欣慰。但他知道，女儿太年轻了，不经受锻炼，将来是不会有出息的。世间万事开头难，一定要开好头才能干好以后的工作。

采油 48 队荣誉室一角

看到女儿这样辛苦，他也心疼，而刚刚走上工作岗位的刘丽也需要指导和引领。于是，在刘丽最初工作的一个月里，离休前一直从事采油工作的刘文生重新穿上了旧工装，陪着女儿上班。

父亲和女儿一起上班，并不是来帮她干活儿。按他自己的话说：“我只是来指点她一下，别走弯路，顺带着每天遛遛弯、健健身。”

就在这“遛遛弯、健健身”的过程中，刘丽从父亲那儿学到了书本上没有的一些小窍门，比如怎样操作、怎样擦拭保养设备等，就连在井口边怎样锄草，父亲也边讲边示范。随着对每一项工作内容学习的深入，让刘丽意识到，工作中大大小小的问题，都需要具备相应的知识才能干好。父亲告诉刘丽："既然选择当工人，就踏踏实实当个好工人，要像'铁人'那样有责任、讲担当，为革命练就一身硬功夫、真本事。"

"铁人井"边说"铁人"

随着工作时间的增加，初来乍到的新鲜感慢慢地褪去，青年工人大多会有失落感。自小在油田长大，又在技校学习了两年多，刘丽对采油岗位的辛苦心知肚明，早有思想准备。但亲身体验了一段时间后她才知道，对工作岗位的憧憬与现实之间确实有一大段距离。一线采油女工的辛苦也超出了刘丽的想象：取样、量油、测压、规格化……一年四季每天都要在酷暑严寒、风吹日晒中重复这些枯燥单调的操作；队部、计量间、井场，三点之间反复往返，对于一个 19 岁的女孩来说，确实很是寂寞乏味。

除了每天经受枯燥而重复的体力劳动，刘丽内心的压力更多地是来自书本上的知识和实际操作的差距，再优秀的毕业生在井场实践中都只是一张白纸，一切都要从零开始。一种从山顶跌落的挫败感重重地向她袭来。

采油厂每年都有一批批的新员工到来。一段时间后，有人走有人留，刘丽的内心也出现了波动，甚至想过让父亲动用一些老关系把自己调到一个轻松干净的工作岗位上去。但刘丽太了解父亲了，父亲没有为她的哥哥姐姐们这样做，对她同样不会。

父亲敏锐地觉察到了女儿的心理变化，对她的陪伴又多了一项内容：做她的思想工作，帮助她度过这一段心理瓶颈期。在休息时、在上下班路上，父亲开始询问女儿的想法，共同探讨解决的办法。

一天下班，父亲说："今天我带你去见见王进喜吧。"

"这怎么可能？"刘丽惊讶得瞪大了眼睛。

父亲骑着自行车把女儿带到了第二采油厂采油一矿采油 45 队萨 55 井旁。

"王'铁人'还在这儿。"父亲低声地说。

萨 55 井位于大庆市萨尔图区解放南村以西的杨树林附近，是"铁人"王进喜于 1960 年 4 月 14 日带领著名的 1205 钻井队到大庆打的第一口油井，被人们亲切地称

刘丽经常来到“铁人一口井”，与“铁人”隔空对话（刘博欣 摄）

为“铁人一口井”。当年“铁人”和战友们“人拉肩扛运钻机，破冰端水保开钻”的故事就发生在这里。“宁肯少活二十年，拼命也要拿下大油田”“有条件要上，没有条件创造条件也要上”这些响亮的口号从这里飞遍松嫩平原，飞向全国各条战线，鼓舞着新中国的建设者们不断克服千难万险，走向新的胜利。

尽管萨55井如今已经停止生产了，但这口井所承载的精神如同其喷涌的油流一样，源源不断地滋养着这片土地上的石油人。在井边，父亲讲起大庆石油会战的峥嵘岁月，讲起会战中那些难忘的王进喜等劳动模范，讲起会战年代人们无私的奉献精神和红色的家国情怀……

刘丽在上学期间，曾多次来到这里。但这一次，她才深刻地认识到王进喜还活着，还活在每一个中国石油人的心里。她对父亲说：“爸，您放心吧！我不会退缩，不会让您失望的。”

在父亲的鼓励、教导下，刘丽度过了工作之初的焦虑时光，在岗位上慢慢静下心来。自小心灵就浸润着大庆精神、铁人精神的刘丽，外表腼腆柔弱，内心却有着许多同龄女孩儿没有的坚忍与顽强。她迅速调整好自己的精神状态，重新站在了起跑线上。

这种陪伴持续了一个月有余，直到有一天父亲得了感冒有些不舒服，在刘丽和母亲的劝说下，父亲才将陪伴刘丽上班的事情画上了句号。采油 48 队不少人说，刘丽的第一任师父就是他的父亲。

此后，刘丽起得更早，走得更晚了。她负责的那 6 口井，相对来说管理难度大一些。但她拼劲儿十足，那种不顾一切的样儿，让人看了心疼。不到两个月时间，刘丽负责的 6 口井全部达到了一类井的标准。

“假小子”与“泥姑娘”

1993 年，大庆油田开展了“三牌队”评比活动。在大庆油田里，“金牌队”是采油队最高的荣誉。在夺取金牌的关键时刻，采油 48 队的每个人都跟上紧了发条的闹钟似的，一刻不停地紧张工作着。

刘丽上班第一年，就和采油 48 队的同事们一起夺得了这个荣誉。此后，采油 48 队又连续夺标，成为大庆油田开发系统唯一连续 7 年获得“金牌队”称号的单位。一块块沉甸甸的金牌，闪耀着刘丽亮丽青春的光芒。

连续 7 年的“金牌队”荣誉，说起来容易，做起来却很艰难。人人都得在自己的岗位上练出一身好功夫，有一手绝活儿，不能有任何闪失，才能换来金牌。作为夺金的一员，刘丽在领导、同事的帮助下，在父亲的指导下，一直与采油 48 队同甘苦、共命运，在夺取金牌的道路上，留下了踏实的脚印，洒下了辛勤的汗水。

加盘根（密封圈）、换皮带是采油工的一项基本功。一根皮带 30 多公斤重，男同志换起来都很吃力，女员工干起来更是力不从心。刘丽却拿出了不服输的拼劲儿，开始从这些最普通的活儿练起来。

雨季换皮带时，她和男同志们比着干，扛着皮带穿越泥泞的井排路，每次步行将近 500 米；调平衡紧螺母时，抡着大锤要砸几十下，直到螺母紧固才罢手；管线穿孔补漏时，她用铁锹挖工作坑，连续几个小时不休息是经常的事儿。一段时间下来，手上的老茧越磨越厚，肩上的水泡消了又长，身上的工服脏得都洗不干净，秀气的小姑娘变成了“假小子”。芳华妙龄，正是情窦初开、贪玩爱美的时候，刘丽的青春却是在满是油污的采油生产一线度过的，刘丽的美丽之花也是在学习中、劳动时绽放的。跟老师傅们一同起早贪黑、加班加点、风吹日晒、雨打油溅，她无暇顾及容貌的变化，她追求的美自有别样的风采。

“金牌队”的验收涉及井场面貌、现场资料、各项指标等许多方面的检查，指标数据一般都是到年底才有结果，所以，每次验收也都是在年底进行。东北的冬天寒风刺骨，井场设备的维护异常艰难。1993 年的冬天，刘丽所管的 6 口油井有 4 口安装了新的取样装置。焊接过程中，油污沾满了设备，掺着雪水很快就冻结在设备上。

油污是必须要清除的，温度越低越不好擦，看着天空渐渐飘起了雪花，刘丽心中不免着急起来：马上就要迎接检查了，可不能因为自己给队里抹黑，今天无论如何都要把设备上的油污清除干净。为了尽快地清除油污，她马上拿起刮刀，冒着风雪，一点点地刮了起来。冬季刮油污是一个要求很高的活儿，劲儿用小了刮不下来，用大了会把设备外漆刮掉。因此，刮的时候必须用力适中，格外小心翼翼。戴着手套拿小刮刀非常不方便，刘丽就索性把手套脱掉，光着手干。

寒冬腊月，北风呼啸，雪越下越大，天越来越冷。凛冽的寒风吹在手上，手被冻得不听使唤，刘丽就哈口热气暖一暖。脚被冻得麻木了，刘丽就围着井场跑上几圈，回来再干。

用了 4 个小时，她终于将 4 口井的油污刮完了，把设

刚参加工作时的刘丽在调整抽油机井盘根盒松紧度

备擦净了。此时，她的眉毛上结了厚厚一层白霜，脸上、身上弄得脏兮兮的，看不出是男孩还是女孩来。同事们看到她的样子，就笑着说："假小子，你看起来像个真小子喽！"

1994 年 3 月的一天，刘丽发现自己所管的一口抽油机井地下管线渗漏，急需处理，连忙回到队里汇报了情况。维修班班长孙师傅接到任务后，立刻带领维修工来到了现场。

由于管线埋地很深，渗漏位置难以精确判断，大家只好估计一个位置干了起来。挖了很长时间，却没有找到。这时候，刘丽匆匆赶来了。

"孙师傅，你上来歇一会儿，我来帮你。"

刘丽边说边挽起裤脚，然后跳进了连泥带水的深沟里，深一锹浅一锹地挖起来。她不时地变换着下锹的方向，顺着流出的液体，一点一点地寻找渗漏部位。泥浆不断飞溅到她的脸上、身上，她也不理会。

"小丫头，你也歇会儿吧！"已经休息了一会儿的孙师傅关切地说。

"没关系，马上就要找到了。"

不一会儿，便听到了刘丽兴奋的欢呼声："找到了，找到了！在这里呢！”

大家顺着她手指的地方看去，果然，汩汩的液体正从一个直径 2 厘米左右的孔中流出来。

大家把赞许的目光投向了刘丽。没有人能想到平时文静的小姑娘干起力气活来如此的泼辣，不但会用力气，还很有方法。这时的刘丽满脸的汗水夹杂着泥水，俨然成了一个大花脸的“泥姑娘”，却依然遮掩不住她那阳光般灿烂的笑容。

“终日一身油衣裳，三分女人七分郎。”这个不爱“红妆”爱“油装”的“泥姑娘”，骨子里多的是刚毅，总是较着一股“谁说女子不如男”的劲儿。

第四章 虚心好学不止步

“书呆子”与“岗位通”

在采油生产一线，女员工首先面对的挑战是恶劣的野外作业环境。大庆油田地处东北，夏季炎热、冬季寒冷，女员工身心上面临着更大的考验。

在业务划分上，男女区别并不大，女员工和男员工一样，也要管理油水井、干生产维修。工作中经常使用管钳和大锤等工具，多是体力较重的活儿，对女员工体能无疑是一个巨大的考验。想干好工作，女员工势必比男员工要经受更多的考验。

井场上的女员工，没有娇气的权利，必须不怕脏、苦、累，和男员工一样能独当一面。更为重要的是，在专业知识领域，无论是工艺革新还是业务学习，女员工都要付出更大的努力去锤炼自己解决问题的能力，才能在工作中与男员工并驾齐驱。

对这些问题的切身体验与思索，让刘丽深深地认识到，要想成为父亲和领导们所希望的新时代的石油工人，光有铁的意志、吃苦的精神是不行的，还必须有过硬的专业技能，才能在这个以男员工为主体的行业环境中，在多方面保持“发言权”。她亲身经历的一次险情更让她深刻地认识到了丰富的专业知识、熟练的职业技能在生产中的重要性。

一天，刘丽跟随师父巡井。巡到一口油井时，刘丽丝毫没看出什么异常，但师父的目光却在抽油机的光杆处停住了。侧耳细听了一会儿，师父说：“这口井不太正常，好像有问题。”随后立即进行现场憋压和量油，判断可能是井下杆管或泵出现了故障。她马上把这一情况汇报给队里，队里派技术人员及时进行了处置，避免了产量的损失。

这次经历让刘丽深刻地认识到，采油工并不是一个“粗糙工种”，知识、技术、责任心都非常重要，缺少任何一样都无法把工作干好。于是，刘丽开始像海绵吸水一样不断地学习新知识，掌握新技能，不管吃饭、上井，总是怀揣着一本专业书，时时处处为自己“充电”，大家都笑称她是“书呆子”。

和其他同龄的女孩子一样，刘丽也有着花儿一般的梦想，喜欢在阳光下逛街，也憧憬着美好生活……但时间太有限了，只能放弃一些休闲娱乐的时间，挤出一些学习专业知识的时间，才有可能把工作干好，当一名优秀的采油工。

领导看她无论是学技术还是干业务都有一股狠劲，就动了给她开“小灶儿”、培养历练她的想法，开始让她在队里多种岗位轮流实习。采油工、洗井工、维修工、集输工，采油队里几乎所有岗位她都干过。

各种技术知识的汇集和多个岗位的磨炼，使刘丽成了一专多能的“岗位通”，她能通过电流变化判断井下工作状况，能通过听设备运转声音判断机械故障，对于20个

刘丽在工作中学习

种类的290多个工具管阀配件，只要用手一摸，就能熟练地说出规格、名称和使用方法，被队里的人称为“一绝”。

“你怎么这么好看！”

“纸上得来终觉浅，绝知此事要躬行。”刘丽在钻研专业知识的过程中，十分重视将书本知识与实际工作相结合，不玩花架子，不搞假把式，这为她带来了实实在在的进步。

1995年8月的一天上午，刘丽到油井的土油池边铲草。

休息时，她掏出了一本有关整筒抽油泵的书学习起来。

整筒抽油泵是一种常规的管式抽油泵，它是利用柱塞的上下往复运动，通过抽吸把原油举升到地面，它在石油开采中应用范围比较广泛。

学习中，刘丽被整筒抽油泵的工作原理和机件结构给难住了，把文字叙述和图形反复对照了几遍也没弄明白。怎么办？这时，她忽然想起早晨交班时队里的344计量间一口井正在作业，于是急匆匆地奔了过去。

井场上作业工人正在打捞一只整筒抽油泵，他们已经连续工作了十几个小时，浑身上下都是油。忽地发现，昏黄的落日中，跑来一个年轻的女孩，一手拎着油样桶，一手拿着书。

“你站远点行吗？弄你一身油啊！”女孩越来越近，再近点就到了影响作业的范围内，作业工人有点急了。

“各位师傅，我在边上看看你们打捞整筒抽油泵，学习一下。”刘丽讨好地笑了笑，虽然止住了脚步，但也没有站远点的意思。

有漂亮女孩在旁边观战和学习，几个小师傅打捞的速度快了起来。不一会儿，那只落在井底的整筒抽油泵就被打捞出来了。

刘丽一路跟随着到了维修车间，一边看工人维修，一边指着油葫芦一样的整筒抽油泵问这问那，还把书本和实物进行对照，一个部件一个部件地进行对比、琢磨。

一名技术员被刘丽强烈的求知欲所打动，热情地回答了她提出的每一个问题，而且还把主要零部件拆下来，认真讲解每部分的结构和工作原理。每讲到一处，碰到不明白的地方，刘丽都要问上好几遍，直到弄明白为止。

“我要是想去请教谁，从不怕人家烦。”刘丽说。

等到把整筒抽油泵的结构和工作原理都弄明白了，刘丽的身上、脸上、手上和书上全是油，成了一个非洲来的“黑人”。

“你怎么变得这么丑啊！”回到队里的刘丽，在镜子中看到自己的样子羞得不敢见人。

理论与实践相结合的勤奋学习，给她带来了丰厚的回报。有一天晚上去上井巡检，发现自己管的一口井的光杆断了，油水喷流不止。那时员工手中没有手机这么方便的通信设备，只能跑步回队里去汇报。但是，这样一个来回就得一个多小时。仔细权衡之后，她下定决心赶紧处理。

刘丽跑到井口，想要关闭生产总阀门、回油阀门、掺水阀门，可这些阀门平常长时间处于开启状态，想要关闭

1998 年刘丽被评为矿“十佳员工”后在采油 48 队留影

十分费力，而油流喷溅的压力更是让关闭阀门变得难上加难。十多分钟后，刘丽终于把阀门关上了，而这时候热油已经喷得刘丽满头满身都是。

这项任务一般男员工做起来都不易，但刘丽却做到了。这次的操作，不仅检视了她的胆识、意志，更验证了她的技术水平。

稍微缓了一会儿，刘丽终于恢复了些许。她拖着疲惫的身子回到值班室，随便地用轻质油清洗了一下。又过了些时候，不知是因为劳累还是紧张，全身肌肉都疼了起来。第二天起来，更可怕的事儿来了。昨晚喷出的油溅到身上的地方出现了掉皮的现象，并且一直持续了近一个月才有所好转。

那段时间，刘丽根本不敢照镜子。壮着胆子看了一次，倒有些小小的得意，她没有说自己丑，笑着对着镜中的自己调侃道："你怎么这么好看！"

当然并不是每次处理意外事件都会这样惨不忍睹，有时也会收获纯粹的成就感。这一天，南 3- 丁 4- 丙 144 井试装一种新型盘根，她同大班的同志一起上井安装。由于是新型盘根，大家都没有什么经验，花了好长时间才安装完。

之后，她又检查了一下，确认无误后才去启动抽油机。突然，她发现光杆在下冲程时与悬绳器不同步，下不去，无法正常工作。

这时，大班的同志已经离开了，刘丽这下可犯了难。到底是什么原因呢？她站在井场上，望着抽油机驴头苦思冥想，脑海中过电影一样闪过她学过的相关知识。

忽然她灵机一动，想到这口井因含水低、结蜡严重，平时洗井周期比较短，这次停机时间又较长，很有可能是结蜡严重造成抽油杆下不去。

想到这儿，她骑车来到转油站，让值班同志提高热洗温度，对这口井进行了洗井。果然奏效，洗井后抽油杆顺利地下去了，刘丽的脸上露出了胜利的微笑。

刘丽在技校的理论学习和操作课成绩一直很优异，这为她积累了较为深厚的专业技能功底，参加工作后又在师傅们的言传身教中学到了很多宝贵的经验。参加工作两年后，刘丽又上了成人大学，在为期 3 年半的半脱产学习过程中，她学习了采油工程、采油地质、渗流物理、油田化学等课程。工作和学习这两条笔直的钢轨，负载着刘丽梦想的小火车穿山越海，不断驶向新的里程。

第五章 全力以赴争荣誉

技能竞赛勇争先

技能竞赛是岗位工人在企业发展中最好的成长机会，也是普通一线职工通过努力改变职业生涯的绝佳机会。“通过技能竞赛不仅可以有效积累自己的实际操作经验，培养严谨细致的工作态度，同时还能更加坚定学习各种技能知识的信心。”刘丽说。

1994 年，在队领导的鼓励和大力推荐下，只有一年工作经验的刘丽参加了第二采油厂技术大赛。小荷才露尖尖角，初试牛刀她就获得了全厂十项全能亚军，并荣膺“技术能手”称号。

1997 年，一项更大的赛事——由共青团中央和劳动部联合主办的全国青年岗位能手技能运动会开始了。想参加这项大赛，首先要通过选拔赛。刘丽参加的是采油工工种的比赛。当时，报名参赛的选手都住在第二采油厂招待所进行集中培训。

为了能够通过选拔赛，刘丽不知吃了多少苦，受了多少累。训练期间，经常是一晚只睡三四个小时。有时太困了，就躺在走廊的地毯上眯一会儿。

由于过度劳累，加上长时间躺在冰凉的地毯上过夜，刘丽不仅睡不好觉，腰椎间盘突出也更加严重了。1994 年冬天，刘丽不小心跌倒，腰骨正好撞在一块石头上，受伤之后本来应该卧床治疗，可是正赶上队里创“金牌队”的关键时期，刘丽一直坚持上班，一天也没有休息。由于没有及时治疗和休息，再加上长时间超负荷工作，刘丽落下了腰椎间盘突出的毛病。熟悉刘丽情况的领导见到她，总是会关心地询问她的腰伤。

训练驻地离刘丽家只有几分钟的路程，但比赛在即，每分每秒都那么宝贵。为了不耽误时间，刘丽一次也没有回家。腰痛的时候，她只是打电话给母亲，请她帮忙把药送过来。

贴上膏药，腰痛缓解不少，但时间一长，贴膏药的地方就起满了血泡，又痛又痒。但她一句话也没多说，咬牙忍着，和别人一样刻苦训练。

比赛一轮轮地下来，不管别人如何说她十拿九稳，刘丽一点儿也不敢大意。比赛时谁都有可能紧张，稍有疏忽，出现一次失误就有被淘汰的可能。

刘丽经常利用工余时间学习备赛

经过层层筛选，稳扎稳打的刘丽最终挺进了黑龙江省选拔赛，当时，第二采油厂20多名选手只剩下6名。被淘汰的队友们不舍地过来告别，叮嘱刘丽继续加油，为大庆油田争光。

听着队友们激励的话语，刘丽倍感肩上担子的沉重，这不仅是自己的梦想，还有为第二采油厂乃至大庆油田争光的责任。

几许期冀，几番拼搏，刘丽一路披荆斩棘，最终以黑龙江省第五名的佳绩赢得了代表大庆油田及黑龙江省参加全国青年岗位能手技能运动会的资格，同时获得了“黑龙江省技术能手”称号。

季军是个左撇子

终于能够与来自全国石油系统的精英们同台竞技了，那一刻，刘丽心中有说不出的喜悦。然而，带着黑龙江省第五名的成绩，她能否在全国竞赛的最高领奖台上争夺一席之地呢？从未参加过国家级大赛的刘丽心里七上八下，感到压力很大。

但刘丽是“铁姑娘”，是“书呆子”和“岗位通”，压力在她面前最终会变成动力。刘丽相信自己还有很大的上升空间，还有提高成绩的可能。顿时，一股雏鹰期盼展翅直冲云霄的激情在心底迸发。

那是一场没有硝烟的“战争”。来自全国的采油精英、技术尖兵齐聚一堂，个个蓄势待发，憋足了劲儿要在这场别开生面的较量中一展身手。

面对一个个从各油田选拔上来的强劲对手，初生牛犊不怕虎的刘丽毫不胆怯。在她眼里，最可怕的对手不是别人，而是自己。要想超越别人必先超越自己；要想敢为人先，必先敢为己先。

但是，刘丽知道，作为一名女选手，自己要与众多优秀的男选手同台竞技，体力和精力都不占优势。她必须付出更大的努力才能在众多高手中突围而出。

比赛前有两个月的集训时间，这就是刘丽全力以赴实现弯道超车的机会。但是在这关键时刻，一个意外的情况出现了。

一天，师父对刘丽说：“小刘，厂里来了通知，咱们这次比赛又新增加了制作法兰垫片的项目。”听到师父的话，刘丽心里“咯噔”了一下。

这个项目按说不难，但问题是刘丽是左撇子，比赛通用的工具是右手弯剪刀，比赛中都是统一使用这种类型的剪刀。刘丽别无他法，只能在短时间内尽快地改用右手。从此以后，刘丽每天都用右手练习剪法兰垫片。

为了练习，刘丽手上起了水泡，每次练习都会再磨破一次，几天下来手上的水泡都流出了血水，疼得她直跺脚。刘丽顾不得这许多，她必须忍住伤痛全力以赴，把每一个操作项目都练习到完美之境，以“不要命”的姿态坚持下去，才有取胜的可能。

这份苦和累，男选手都得咬牙挺着，作为一名女选手，刘丽需要流双倍的汗水才有可能跟得上。每当想蹲下来歇歇时，她就会抬头看看身边其他选手苦练的身影，然后擦擦额头上的汗，紧咬牙关，继续苦练。

两个月的培训转瞬即逝，刘丽的专业技能水平得到了极大的提升。令人瞩目的大赛于 1997 年 10 月在大庆油田开始了。刘丽在理论比赛中成绩优异，操作比赛时，刘丽的表现同样十分了得，一路比下去，各方面均保持领先。

但是，缺少大赛经验的她还是在管路组装项目中出现了小小的失误。“平常练习的时候，所用的管件都是标准件，计算尺寸很规范。此次比赛，现场提供的有很多非标准化的管件，在尺寸计算上就要靠经验。结果差了 2 毫米，

1997 年 11 月刘丽被评为首届“中国石油天然气总公司技术能手”

管路没有闭合，出现了失误。”就是因为这纤毫之差，让刘丽与冠军失之交臂。

刘丽最终获得全国第三名，被评为首届“中国石油天然气总公司技术能手”。

这个登上了全国最高领奖台的女工，那一年只有 23 岁，是获奖选手中最年轻的一个。手捧证书，在掌声与赞美声中，她的心却在流泪，因为出现了小小的失误而错过冠军这个她梦寐以求的目标。

回到家，刘丽把奖品——一块手表送给父亲。“爸，我没拿冠军。”说着，刘丽的眼泪忍不住掉了下来。

“掉皮掉肉不掉队，流血流汗不流泪！”父亲严肃地教导她，“虽然不是第一，但是我们可以总结经验，在以后的工作中绝不能失误。你要认识到，这次获奖是荣誉也是考验。以后，你要用更高的标准、更严的要求对待工作。要当个好工人，工作干到最好，技术练到最精。”

自此以后，刘文生一直戴着这块手表，别的孩子给他买了新的也不肯换下。父亲一直以有刘丽这样的女儿为荣，戴着这块表，父亲经常骄傲地说：“这是我女儿全国大赛获得的！”表戴了15年，直到老父亲去世才摘下，其间表带换了又换，表盘磨得失去了光泽，但女儿的荣耀父亲一直戴在手上。

第六章 革新创效显身手

洗井工具开好头

1998 年，刘丽开始担任生产副队长。为了高效管井、保油稳产，刘丽有什么问题都冲在前面，应用所学解难题、搞革新、提效益。从管理到革新再到技工的培训，刘丽忙得不可开交。在她刚过完 28 岁生日的时候，刘丽被破格聘为采油技师。这时，她面临着一个选择，是继续担任生产副队长，还是去当技师搞技术？深入思考之后，她认为自己对钻研技术更有兴趣，这条路更适合她。于是，刘丽向领导递交了转岗申请，自此以后，她更专注于生产技术的钻研，心无旁骛地前行。

面对全国青年岗位能手技能运动会没能取得冠军的遗憾，父亲曾开导她说："比赛的成绩确实可以说明一名选手的技术水平，但这并不是一名石油工人为企业、为国家作贡献的全部。我觉得，想当一名好工人，最重要的还是要把学到的技术用到工作中去，实实在在地解决问题，提高生产效率，这才是最重要的。"

刘丽听了茅塞顿开：是呀，参加大赛为了什么呀？仅仅是为了好名次？不是！最终目的不还是回到生产单位发挥一技之长作贡献嘛！

要想成为一名适应油田发展、助推企业腾飞的优秀石油工人，仅仅在比赛中拿好成绩是不够的，必须参与到企业技术创新之中，敢于攻关，敢挑重担，才能有所作为。刘丽不再纠结第三名的遗憾，而是更加注重在工作中用自己所学解决更多的实际问题。除去了思想疙瘩的刘丽回到工作岗位后，更加高标准、严要求地对待本职工作，不断向更高更远的目标迈进。

在那个时候，大家普遍认为，自己只要按部就班地把手中的活儿干完就行了，很少有人想到通过技术革新的方式来提高工作效率、解决生产难题。但是，任何一条路总归要有人先敢于把脚踏上去，就像当年父辈们用脚唤醒了松嫩荒原、唤醒了沉睡亿万年的大油田一样。

刘丽也并不是先知先觉的“神人”，她之所以有这种比较超前的意识，原因有二：一是因为在父亲的教导下，刘丽一直利用业余时间坚持自学，她是青年工人中较早就掌握了电脑应用技术的人。只要一有时间，她就坐在电脑前，把大量国际国内油气勘探开发技术信息收纳储存到她的脑海里，然后在实践中取其精华为其所用。二是因为这些年来，刘丽参加了各种比赛，尤其是国家级、省级的比赛，总能接触到比较前沿的知识。随着身份的转变，刘丽的责任心也在转变。“大家有了问题要来问你，你就不能一问三不知，要把学到的知识分享给更多的人。”

万事开头难。事实上，刘丽的革新之路也不是一帆风顺的。刚开始搞革新，自觉能力不够，刘丽就尝试着做些简单的工具改进、设备维修改进等，慢慢积累起了经验和信心。刘丽的创新发明，就是从一套洗井组合工具开始的。

进入 2001 年，刘丽负责全队 50 多口油井的洗井工作。这项工作一般需要两名男员工协作才能完成，工作很辛苦，要携带的工具也多。每次上井，光是工具就要背大大小小五六件，数量多且笨重，不便携带。活还没干，路上就先消耗了大半的体力。

“我的体格相对健壮些，还这么费力气，那些比我还瘦的女工们，干活得多累啊！”为了工作方便，经过构思研究、现场试验，刘丽把撬杠、管钳、扳手、螺丝刀等多个工具组合为一体，形成了一个轻便实用的洗井专用工具。就这样，一件小革新就从她的手中应运而生了。

这套组合工具一亮相，就在生产中发挥了作用，携带方便，用着省力，得到了同事们的认可，纷纷夸赞道：“刘丽真是干了件好事，帮大家节约了不少时间，省下了不少力气！”看到大家操作时兴奋的样子，刘丽感受到了技术革新所带来的快乐和便利。虽然这项发明并没有太大的难度，却是刘丽在创新创造的路上踏出的第一步，激发了她参与技术革新的热情。这套工具于 2004 年获得第二采油厂技术革新三等奖后，她的干劲更足了。

为了能有效解决生产运行中的“疑难杂症”，多年来刘丽一直坚守在油田一线，摸索着把所学到的专业知识与

刘丽在研制革新成果

实践中的难题结合，做一些小革新、小发明，在解决问题的同时，降低同事们的劳动强度，提高生产效率。“创新”，给了刘丽从一名普通采油女工迈进“工匠”大门的金钥匙。

但搞革新不是舞文弄墨，是真刀真枪，熬心血、拼毅力的苦差事，只有真正干过的人，才知道其中的滋味。“搞革新和原来学的采油工操作技术不一样，革新需要加工、设计等方面的能力，很多东西都是原来根本就不会的。”画图纸、查资料、车、钳、铣、刨、磨等各种技能，都需要从头学起。于是，刘丽又开始如饥似渴地学习新知识，遇到不会的问题，随手翻阅专业书，或者下班之前到老师傅所在的车间“蹲点”，只为了能多学一点知识，再自己练习，不断丰富完善自己的知识储备。

在革新的过程中，免不了要和“铁疙瘩”打交道，身上也经常青一块、紫一块的。有一次，刘丽因为长时间连轴转精力不够集中，操作中一个不小心钻头扫过了她的大拇指，瞬间，这根手指就鼓起大包，不一会儿肿胀就蔓延到了手掌。都说十指连心，那钻心的疼痛让这个出了名的“女汉子”都眼泪直流。

比起这些苦和累，刘丽更享受在革新创效上一路攀登所带来的成就感。有时候为了攻克革新过程中的某个技术难题，清晨出门深夜回家也是家常便饭。而当革新成果研制成功、技术难题被破解时，刘丽感觉整个人都会豁然开朗。“一项成果研发成功，会特别有成就感，比拿到丰厚的奖金还开心。”刘丽说。渐渐地，刘丽掌握了革新创效的技能与方法，在生产实践中不断寻找问题、发现隐患，致力于用革新创效加以解决。她像一位不知疲倦的探路者，在革新的道路上飞驰，以忘我的专注和巧思前行，一身汗水，一路奋飞。

口红打败了抽油机

生产难题就是攻关课题，灵感来自常思常想。刘丽有一颗细腻的心，善于在工作中捕捉灵动的瞬间，从中获得启发。采油生产中，更换盘根是采油工最常干的活儿，看似普通，干起来却很繁琐。采油工口语中的“盘根”，规范的叫法是“密封圈”，是由较柔软的线状编织物外敷橡胶而成，盘成圆环填充在密封腔体内，主要作用是密封井口，防止井内液体从井口泄漏。

在以往的操作中，要用一把长杆螺丝刀插入盘根盒内，将 15 厘米左右深度内的近 10 个盘根一个一个地抠出来。盘根盒和光杆之间的空隙很小，插进去的螺丝刀活动空间十分有限，抠起盘根来很费力。夏天还好弄一点，冬天盘根遇冷变硬，几乎和盘根盒结成了一体，抠起来就更加困难了。

如果盘根被挤碎并落到盘根盒底部，想把碎片取出来就更是难上加难。这个活儿经常是一干就要半个多小时，干到手被冻僵了也还没取干净。有劲儿使不出来，这项工作不知难倒了多少英雄汉。

十几年来，采油工们一直都用抠取的传统方法更换盘根。虽然也自创了一些工具，但都没有从根本上解决更换难的问题。刘丽重复地干了一段时间后，开始琢磨如何改变这种更换方式，但很长时间也没有想出好办法。

2001 年，采油 48 队采用聚合物驱开发后，更换盘根难的问题更加突出了。由于聚合物驱采油时光杆腐蚀相对较严重，盘根磨损加大，更换较以往更加频繁。稍有迟缓，抽油机就会变成“油葫芦”。而且在频繁取换操作过程中，不仅砸击容易损伤光杆，操作人员也容易伤手。

“这个问题一定要解决！”刘丽暗下决心。她开始集中时间和精力观察盘根盒的结构和工作原理，常常一待就是大半天。

有什么法子能让盘根自己出来，又能让盘根合理“延寿”？那段时间刘丽脑袋里想的就是这一件事。

白天上井想，晚上回家想。几个月的时间里，查找资料、设计图纸、制造实物，从改进操作方法、更换盘根材质到改变盘根盒尺寸，反反复复地琢磨。想了好多办法，可最后都达不到预期的效果，被自己推翻了。

这一天，刘丽上班前涂口红的时候，突然发现她转动的是口红底部，但是唇膏却从上面慢慢露出头来。她灵机一动，想到了什么，马上把口红拆开，开始探究内部结构。

看了一会儿，刘丽忽然高兴地笑了起来，这真是“踏破铁鞋无觅处，得来全不费工夫”。她想，这种旋转方式一定可以运用到盘根盒上。

这个想法让刘丽欣喜万分。她立即拿出图纸，开始画了起来，初步设计了由盘根盒手柄、盘根盒压帽、革兰、盘根盒垫片、副套手柄、副套、锁片、顶芯等组成的新型盘根盒。

这套装置通过盘根盒顶芯与副套之间的配合，上下移动变位，即可调节盘根盒内部的深浅度；在更换盘根时，可通过顶芯与副套变位，一次取出全部旧盘根，无须工具抠取。同时可双向挤压盘根，最大限度延长盘根的使用寿命。

想了三年，设计却用了几十分钟就大功告成了。如获至宝的刘丽马上就跑到车间进行加工。

几天后，第一个“上下可调式盘根盒”就生产出来了。

刘丽立即把它装到了自己管理的抽油机井上试验。没有想到的是，由于刘丽专注于对盘根盒结构的改进，对承重问题估计不足，最初新制作出的盘根盒使用的是细扣螺纹，在操作中磕碰容易损伤螺纹，细扣螺纹修复比较困难。

发现问题后，刘丽马上进行改进。她又将细扣螺纹改成粗扣螺纹，重新制作，重新试验。这回做出的盘根盒强度还真不错，安装到井上以后，不仅取装方便，效果还好。

本以为这一次应当是大功告成了。但刘丽只高兴了两

刘丽从口红中获得灵感，研制“上下可调式盘根盒”

天，第三天又出现了问题——盘根盒漏油了！

刘丽心里一阵难过。从工作原理上来说，盘根盒的设计思路应当是成功的，但是配套密封圈的密封效果不理想，导致油液漏出。这道难题一时难住了刘丽。为了找到适合的密封圈材质，刘丽几乎跑遍了大庆市的所有五金店，后来，还是在丈夫杜守刚的帮助下，找到了一种尼龙棒制作了新式密封圈，这才解决了漏油的问题。

一波三折，哪一折都困难重重。这时候刘丽真正体会到了技术革新不可能都像发明洗井工具那样顺利。想走这条路，还有无数个未知在等待着她，稍有松懈，就会滑出前行的轨道。

后来，刘丽又对“上下可调式盘根盒”进行了五代改进，在原有“上下可调式盘根盒”的基础上，增设了新型节能盘根盒压盖，压盖内部镶入新型聚醚酮材质扶正环，具有自润滑和扶正的功能，减少了光杆与密封圈的磨损程度，使更换密封圈操作时间由 40 多分钟缩短为 10 分钟，密封圈使用寿命从 1 个月延长到 6 个月，还使每口井日节电达到了 11 度。该成果于 2017 年获得大庆油田技术革新成果特等奖。2019 年获得中国石油天然气集团有限公司一线创新成果一等奖。2019 年、2020 年，刘丽带着这项成果，先后走进央视《大国工匠》栏目、国务院新闻办公室新闻发布会，向全国人民展示一线石油工人的创新成果。

有人曾对刘丽热衷于革新感到疑惑：“咱就是个普通工人，干好自己的活得了，为啥还要研究这些玩意儿？”可刘丽的想法朴实又简单：“虽然咱们身在平凡岗位，但只要做个有心人，一样能作大贡献。可能我们搞的革新项目不起眼儿，只能为油田节省个几百元、增油一两吨，如果我们一线员工人人都能想点子、提建议、搞革新，那创造的效益、增加的产量得是多么惊人啊！”在刘丽的眼里，只要是工作中不顺手、不方便、效率不高的地方，都可以创新。30 多年来，刘丽累计研发技术革新成果 200 余项，获国家及省部级奖项 43 项，国家专利及知识产权计算机软件著作权 55 项。这些成果应用在油田生产的方方面面，不断落地生根，成为企业创新创效的不竭源泉。

第七章 言传身教铸匠魂

金牌教练是怎样练成的

刘丽是勤于学习、奋勇攻关的技术达人，更是善于言传身教、带兵授徒的培训严师，在她授业解惑的带徒经历中，不仅播下了追求卓越、精益求精的工匠精神的种子，也推动了大庆精神、铁人精神的广泛传播。

刘丽参加全国青年岗位能手技能运动会后，知道了在她前方还有着更强的选手，天生好强的刘丽一直在等待着重新证明自己的机会。秣马厉兵，刘丽准备了整整 5 年，期盼已久的大赛终于来临，但是刘丽一看通知却傻了眼，通知上明确规定，曾经在全国大赛获得过前十名的选手不能再次参加全国赛事。在严苛的参赛条件面前，刘丽只能遗憾地放弃，她想重新一搏、证明自己的梦破碎了。

后来，在领导的帮助下，刘丽以教练的身份再次在赛场上发光发热。刘丽深刻地认识到，一个大赛经验丰富的采油工的价值并不只是在赛场上风光亮相，帮助别的选手去创造佳绩更是价值的升华。

“一定要将自己多年积累的专业知识、工作技能和参赛经验传授给更多的年轻人，让他们在平凡的岗位上实现自己的石油梦。”肩负新的责任与使命，刘丽重新上路了。

从选手到教练，从工人到老师，她边工作边授课，实现了一次华丽的转身，开启了新的人生。

早在 1999 年，刘丽已经在采油二矿以队员的身份兼任教练。2001 年，刘丽被聘为工人技师后，帮助身边的青年员工不断地提高技能水平，已经成了她的主要工作任务之一。

当时条件有限，没有固定的场所，刘丽发扬“没有条件创造条件也要上”的铁人精神，井场为教场，管钳当教棒，大地为纸，实践作笔，哪里薄弱教哪里，哪里需要去哪里。主动出击，刘丽打起了技能传帮带的“游击战”。

2003年2月，刘丽从作业区培训师升格为厂级培训师。自此以后，要面对更多渴求知识的学员，要回答更多学习中的问题。

只有一杯水的人是无法给别人一桶水的。要想做好培训工作，培训师无论在理论还是实践经验上，都要更胜一筹，才能在授课时从容应对、游刃有余，这就要求刘丽要比学员掌握更多的知识、熟练更多的技能、多付出几倍的努力。

刘丽暗下决心，一定要把自己的学员带出个样儿来。精心施教，耐心指导，科学安排训练课程，一年四季师生共甘苦，365日寒暑同耕耘，终换来花开果熟、馨香满怀。

刘丽在2003年5月第一次正式以主教练的身份带领大家参加第二采油厂技能大赛。在这次比赛培训中，她与在技校时的考级教师庄绍良再续前缘，不过这次不是师生，而是并肩当教练。当时，二厂技校已经撤并，庄绍良被调到大庆第二中学——也就是刘丽读初中的母校，教学生通用技术课。这次技能大赛中，刘丽担任第二采油厂采

刘丽（左二）在向学员们讲授理论知识

油二矿主教练，比赛类别很多，一个人常常是顾此失彼，于是，她从大庆第二中学请来经验丰富的庄绍良给选手辅导。从师生变为同事，他俩配合得十分默契。

2003 年 8 月，刘丽的学员们一鸣惊人，在第二采油厂技能大赛中全员获奖，并夺得了团体第一名。第一次当主教练就取得了如此突出的成绩，让刘丽在传道授业解惑的路上走得更快、更有信心了。

刘丽的培训工作之所以能够取得如此耀眼的成绩，除了她自身拥有丰富的经验和不凡的技能，最主要的原因在于她十分讲究传授技巧，注重教学效果。

“魔鬼训练法”不魔鬼

孜孜于学，谆谆于教，为了青年员工快速成长，精心备好课、讲好课成了刘丽的工作目标之一。如何使得学员在平凡的岗位上练就非凡的本领，如何理顺学员浮躁的情绪让他们安下心来学习，激发他们潜在的动力与能力，是刘丽长期思考并努力解决的问题。

为了提高学员的理论水平和实际操作水平，她针对不同学员的情况制订了不同的训练方案，并现场考核及指导，力争全员一个不掉队，共赢好成绩。

在封闭训练的那段日子里，她就和学员们学在一起、练在一起、吃住在一起。在这段时间，她在有些学员身上发现了一个坏毛病：理论学习只擅长死记硬背，不擅长活学活用，审题颇为马虎，一扫而过就写下答案，常常是错误不断。

为了解决这一“顽疾”，她绞尽脑汁变换着各种题型，精心调整题目中的关键词语，并严格批阅每一张试卷，认真填写每一句批语和建议，常常工作到半夜一两点钟。80 多天下来，试卷已经堆积了两尺多厚。

为了增强学员的应赛能力和心理素质，她带领学员在培训中心模拟考试场景，逐个训练语言表达、技能展示、应急反应能力，及时纠正其存在的问题。

有的学员对她的方法有些不理解，抱怨说：“刘老师，你有必要这么认真吗？你瞧瞧，只有我们训练这样较真儿，出题老师哪会想这么多呀！你也不帮我们想个捷径，总是在这儿下苦功夫。这套训练法，搞得我们太累了。”有的学员甚至说这套方法是“魔鬼训练法”。

“没有付出怎么会有收获呢？学技术、长本事，除了勤奋二字，没有别的捷径可走。”刘丽是个倔强的人，她认

刘丽（左二）在向学员们讲授电泵井井口流程

准了的事肯定不会变的。她力排众议，依然坚持她的培训原则。

其实，这个方法使刘丽受的累更多了，而且往往是学员们的几倍。白天，不停地奔忙给各组学员辅导、解答问题，没有清闲片刻；晚上，长时间坐在电脑前出题、批阅试卷、写教案，腿和脚浮肿严重，但她依然坚持不懈，没有一句怨言。

她总说："如果带队教练都喊苦喊累，学员们就更不容易坚持下来了。"

令人没想到的是，"魔鬼训练法"这几个字，却一传二、二传三地在第二采油厂的学员中传开了，最后传到了刘丽的耳朵里。她一听，什么？"魔鬼训练法"？这个名字好，一定要完善一下，让这种方法更实用、更科学、更有效。

一段时间后，刘丽的"魔鬼训练法"从理论学习扩展到技能操作，逐渐成熟，趋于系统，主要包括以下几个方面的内容：在理论学习方面，采用"题海"战术，题型多、内容广、考试频繁；在技能操作方面，采取训练与考试密切结合的方法，每个操作项目都要求动作规范、标准，练习完毕马上进行考试，一个人上场，大家都当裁判。

这种训练方法强度大、内容多，让大家几乎天天都在比赛的节奏中，一点也不敢放松。苦心人天不负，刘丽采用的考练高频结合的培训方法——“魔鬼训练法”，让学员们在比赛中屡创佳绩。训练的过程很苦，比赛的结果真香，大家终于尝到了“魔鬼训练法”的甜头。

自古严师出高徒。这次大赛的裁判员赛后说：“在理论比赛中，虽然封住了姓名，但审题仔细、知识面广的十有八九是刘丽培训的学员。”

此后，“魔鬼训练法”在第二采油厂越来越体系化，这位又严又狠的女教头也广为人知。谈起刘丽的狠劲，受训学员不再满腹怨言，而是满心的感激。他们知道，这样的成绩与“魔鬼训练法”是分不开的，“魔鬼训练法”并不魔鬼，而是他们成长的好帮手。

精准押题创佳绩

在 20 多年的培训生涯中，刘丽积累了不少经验，她不仅有“魔鬼训练法”，还练就了不少独门绝技，精准押题就是其中之一。

培训中，哪些知识点对学员们有所帮助，哪些习题是复习重点，刘丽都了如指掌。在带领学员们迎接各类考试时，不管是理论考试还是实践考试，刘丽都会给大家“押题”。随着执教时间越来越长，经验积累得越来越丰富，押题的准确度也越来越高。

2011 年，大庆油田又要举办一年一度的员工技能大赛。刘丽将有关单位编写的复习资料拿过来后，根据多年的培训经验感觉这些习题覆盖面偏窄，很多知识要点没有提到，而且复习重点不突出，这怎么行呢？

为了弥补这些不足，刘丽从平时积累的复习资料里挑选出一部分习题，又根据自己带队参加技能大赛的经验，对题目进行了预判，划定了重要的知识点。这些知识点相关的习题既偏重于理论，又能跟生产实践联系在一起，对学员参加比赛很有帮助。

这种“押题”方式有一定的风险。但刘丽的经验告诉她，这样的做法能更好地拓展选手的知识面，突出重点，减少盲目的死记硬背。

选出题后，刘丽就打印出来，分发给学员们，该背诵的背诵，该理解的理解，该一带而过的了解一下就可以了。

一开始，有不理解的学员直报怨。学员郭富良说：“本来复习资料就够多了，怎么还给我们‘加菜’？”

刘丽（右一）在向学员们讲授抽油机井定点停机技巧

稳
产
提
效
益

刘丽开导说："放心吧，这些题你们不会白背的。"

刘丽前前后后选出了300多道题，不只督促学员们将复习题全都背下来，还隔三岔五地就来一次测验，一张试卷一张试卷地批改，经常熬到后半夜。每次考完试还要进行卷面分析，把共性问题重点讲解，扩大了大家的知识面，力求达到最好的学习效果。

题押得好不好、准不准，只有经过比赛才能验证出来。事实证明，刘丽的心血没有白费，在这次员工技能大赛上，这些习题果然都派上了用场，刘丽划的重点都得到了验证。参加比赛的7个人全都超过了90分，学员郭富良以98分的成绩，摘得此次比赛的桂冠。

肩上有责任，胸中有激情。在接下来的时间里，她多次带领学员们征战各级赛事，争金夺银，硕果累累。2008年，徒弟韩锡伟获得了黑龙江省技能大赛第三名；2010年，徒弟赵海涛和李冬梅分别夺得了大庆油田员工技术运动会采油工种冠军和注水泵工种冠军，使她有了"金牌教练"的美誉。

此时的刘丽已经在技能传授的过程中积累了丰富的经验，为"刘丽工作室"成立之后开展更有体系、内容更丰富的技术培训打下了坚实基础。

第八章 编写教材传技术

石油花开书香浓

对于在大庆油田注采班（采油队）工作的员工来说，刘丽的名字再熟悉不过。他们即使没有接受过刘丽的培训，也一定使用过刘丽编写的编印教材。这些从几十页到几百页薄厚不等、正式出版或内部出版的教材，涵盖了注采班的各个工种，以及员工从入门到晋级的各个阶段。

刘丽在采油48队先后从事过采油工、维修工、洗井工、集输工等工种，积累了丰富的实践经验。她非常注重经验总结和成果分析，著书之前，她已经积累了近百万字的生产管理文本，为日后提炼成书奠定了基础。

刘丽始终认为，一个人能作的贡献是有限的，只有把技术、方法传授给别人，才能培养出更多的人为油田作贡献。刘丽编写的每一本书都是从生产和培训的现实需求出发的。“用接地气的语言，写工人看得懂、用得上的工具书”是她编写这些书的初衷。

在实际生产过程中，刘丽感到岗位上的一些现有的技术书籍虽然能够指导员工按标准操作，但仅凭现有书籍难以应对岗位突发问题。一旦发生紧急情况，由于鉴别能力不强，员工对风险预测不到位，无法及时采取应对措施，这样既影响安全生产又会对员工造成伤害。

针对生产中经常遇到的问题，2006年6月，刘丽和同事一起将13项生产中常出现的事故处理标准及程序，配上现场实际操作图片，编制成图文并茂的《采油队风险可视化提示手册》，在第二采油厂第六作业区使用，这是刘丽参与编写的第一本工作手册。“让员工看了就知道怎么操作”，刘丽的想法很简单，不要深奥的理论文字，直接用图说话，让关键岗位的关键操作有了“明白纸”，一目了然。这本手册成了很多员工都会放在口袋里的一本工具书，在全厂推广后，既提升了标准操作的趣味性，又消除了员工死记硬背的弊端，使员工在应急情况下可以按图索骥，标准操作。

在陆续开展的教学工作中，刘丽发现岗位员工很需要

刘丽编写的部分书籍

一本简单易行的操作手册。2008年，还在转油站工作的刘丽利用工作间歇和业余时间开始编写了。在岗位上有时连椅子都没有，她就拿着笔记本电脑席地而坐敲字；夜里在家中，往往是把孩子哄睡了，自己熬夜继续写。最终，她用一年的时间完成了一套5万多字、涵盖了采油队各岗位的《员工操作手册》，把采油工、集输工、维修工等工种的工作内容、工作标准、考核标准等进行了详细罗列。该书全面易懂，在全厂范围内推广后，获得了员工的一致好评。

2012年3月，刘丽接到了大庆油田有限责任公司人事部下达的编写《油田公司岗位指导手册》的任务，刘丽承编油气田水处理工部分，因为妹妹刘霞是厂里油气田水处理工种的专家，刘丽便邀刘霞一同参与编写。姐妹二人加上另外一位技术人员开始了新的合作——利用工余时间一同编写指导手册。本就不在一个单位，2000年后又相继结婚离开了家，姐妹俩接触的时间就少了很多。刘霞很早就当上了技师，也获得过很多荣誉，但是在姐姐面前，她总觉得自己还差很多，还有很多东西要学。而这次编写指导手册，就是最好的学习机会。

然而，就在第一稿进入最后收尾阶段时，父亲刘文生患病住进了重症监护室。刘丽和刘霞到医院看父亲时，刘文生对女儿们说："我没事。你们把工作干好，就是照顾我了。我这边有你们的哥哥姐姐呢，他们有空，你们就别总跑医院了。"三个人的编写队伍，走了姐妹俩，书肯定难以成型。姐妹二人只好将照顾父亲的任务托付给了哥哥姐姐，回到工作岗位上继续加班加点赶写。

但没想到的是，就在姐妹俩夜以继日、加班加点地赶写书稿时，却收到了父亲去世的噩耗。与父亲告别时，她们为没能陪父亲走完最后一程深感内疚。但她们相信，自己所做的一切正是作为黑龙江省劳动模范的父亲所希望做的。也许多年以后，遗憾和愧疚会随着对父亲的怀念而加深，但她们只能以更坚强勇敢的姿态面对未来，才能告慰在天有灵的父亲。

此外，刘丽还担任了《油水井作业监督知识问答》《采油工（第三版）》《油管（杆）修复工》的主编，和同事一起编写了《高效技艺传承》《油水井生产与维护》《油田常用井下工具与修井技术》等专著，以专家的身份审核出版了《采油工岗位练兵手册》《一线创新成果案例集》等书籍。

几年来，她编写各级专业技术书籍38册、发表论文

刘丽的部分证书、成果、著作

32篇，累计近千万字。她主编的《采油工（第三版）》在中国石油范围内的采油工培训中得到应用，《油水井生产与维护》还成为全国许多高职院校采油专业的教材。

有媒体以“最美石油花”来赞美刘丽。她觉得自己是一个风里来雨里去、整天搬锹弄钳的采油工，不大喜欢这样略显矫情的溢美之词。但是，当人们看到刘丽编写、出版的这些书籍整齐排列在她的工作室的时候，不仅闻到了书香，也嗅到了沁人心脾的石油花的芬芳。

采油工编写《采油工》

刘丽编写的众多图书作品中，《采油工（第三版）》这本书在专业水平、发行量、影响力等各方面都值得大书特书。

这本书是中国石油天然气集团公司职业技能鉴定指导中心组织编写的职业教育丛书《石油石化职业技能培训教程》中的一种，由大庆油田负责组织编写。2011年刘丽参编了其中一部分内容。2015年《采油工（第三版）》再版时，她被聘为主编。从参与编写到主编，刘丽在这本书中所起的作用愈加举足轻重。

"小丽休息吧，都后半夜了。"已经睡了一觉醒来的丈夫杜守刚看到妻子还在灯下忙碌她的《采油工（第三版）》，心疼地说。

"再等一会儿，还差一点儿，我再琢磨下，你先睡吧。"说完刘丽又一头钻进资料中。

丈夫看着她心疼地说："作为一个女人，你完全可以选择另一种生活。”对此，刘丽只是微笑着摇摇头。

“编这本书是目前工作中的重中之重，容不得半点疏忽。我是这本书的主编，每个作者编写的章节我都得过目，有的部分还得亲自动笔。大家都在忙，我没有理由比别人早休息啊。”刘丽回答。

刘丽从担任《采油工（第三版）》的主编开始，就没有正经地休息过。杜守刚看她那么辛苦，也忙前忙后地帮着查资料、校对稿件，努力减轻刘丽的担子。

随着采油技术的不断更新，采油工应用知识亟待与时俱进。既然是给中国石油所有采油工人用的培训教材，就必须像教科书一样字字斟酌，句句推敲，每一道题都要具有代表性，每一个章节都要具有极强的实用性。刘丽很清楚自己想要达到的目标。

这是一本内容丰富、专业水准较高的教材，参编者有58人之多，来自中国石油各个单位，协调起来十分费力劳神。那段时间，她经常每天只睡三四个小时，不是看稿子、写稿子，就是和编写团队开会研讨。

有时实在累了，就靠着椅子歇一会儿。长期伏案写作，她的腰椎间盘突出症又犯了，严重时疼得直不起腰，但这丝毫没有影响她的工作进度，自己贴上膏药便硬挺了

荣誉证书

《采油工（上册）》获得2019年中国石油和化学工业优秀出版物奖·图书奖二等奖。

特颁此证，以资鼓励。

著作责任者：刘 丽、吴庆花、王玉珠 等58人

责任编辑：曹光朋

中国石油和化学工业联合会

二〇二〇年一月

《采油工（上册）》获得2019年中国石油和化学工业优秀出版物奖·图书奖二等奖

过去。

采油工的工作看似是在地上，其实是要根据在地上掌握的数据和看到的现象去判断地下的抽油状况。很多青工在培训时“为了考试而考试”，直接抛开教材背题库，结果这样速成的学员到了现场往往缺乏解决实际问题的能力。

在编写《采油工（第三版）》教材时，刘丽颠覆了之前的编写思路，更加注重教材的实用性，每个章节从完成一项具体操作需要掌握的知识点出发，将理论和实践进行了

更好的融合。在整理题库时，她还亲自动手操作，最终得到满意的答案后，再进行习题的编写。

印前样书审核是书籍出版的最后一道关口，直接关系到成书的质量。为了顺利完成编写任务，她协同“刘丽工作室”其他成员加班加点，利用休息日，将审稿人员分成三组，两人一组逐字逐句对样书进行审核校对，发现问题及时查阅相关资料，校对、核准同步进行，提高了工作效率。

编辑工作临近尾声时，审核校对工作已经完成，但是追求完美的刘丽仍然精雕细琢，利用晚上休息时间重新校对样书中的数据、专有名词、标点符号用法、数字用法、计量单位用法、版面格式。

有人问她：“刘丽，你这么做不麻烦吗？”

刘丽说：“写书如做人，一定力求表里如一、严谨完美。”

本着精益求精、求真务实的态度，两年多的时间里，在完成本职工作的同时，刘丽和编写团队、“刘丽工作室”成员广泛征求意见，多方翻阅资料，请院士专家审核，在无数个不眠之夜的工作后，终于完成了近 60 万字的文稿，字里行间满满都是刘丽和团队成员的心血。

这套上下两册的《采油工（第三版）》涵盖了采油初级工、中级工和高级工（技师、高级技师）要掌握的理论和技能知识。经过 40 多位专家审定，已经在全国石油系统成为权威性的样板教材。该书出版不久，就被中国石油和化学工业联合会评为 2019 年中国石油和化学工业优秀出版物奖·图书奖二等奖。

第九章 创建工作室攻关

采油女工的工作室

2011 年，刘丽 37 岁，在第二采油厂第六作业区采油 48 队采油岗位已工作了 18 年，风华正茂。就在两年前，她已是大庆油田最年轻的集团公司技能专家。

这一年，在厂和作业区的大力支持下，以她的名字命名的创新工作室——“刘丽工作室”成立了。这是刘丽成长的一个里程碑，也是让她难以忘怀且始终充满感激的事。

从此，刘丽开启了崭新的人生，她的一身“绝学”有了更大的施展平台。这里，也成了企业培养更多技能型、创新型、专家型人才的摇篮。

工作室初创之时，在采油 48 队队部后面一个废弃小院里。尽管不大，但是设有室外培训场地、室内多功能培训室、成果展示室、革新修旧车间，使解决生产难题、技术经验交流与提升职工技能素质如三角形般稳定，相互支撑，搭建起一个革新成果共享、专家技师交流、岗位职工质量标准提升的平台。

那时，工作室只有两名成员，刘丽每天忙得不可开交。搞革新，到油田内外进行技术交流；解决各种生产问题，队里的、作业区的，甚至其他兄弟单位的，哪里有难题哪里就有她的身影；编写教材，培训大赛选手，搞员工培训。虽然忙，但刘丽干劲儿十足。

“刘丽工作室”成立后，吸引了来自第二采油厂基层各单位 2000 余名技术骨干的广泛参与，他们在这里热烈讨论、携手革新、成长成才。

用刘丽的话来说，工作室的作用就是三点：培训、革新、解决生产问题。紧贴生产实际，助力创新创效，让各作业区的人带着问题而来，拿着满意的答案而归，是工作室的重要任务。

在厂的大力扶持下，“刘丽工作室”在“五小”成果研发以及修旧利废等方面取得了较好的效果，特别是在解决生产难题方面发挥出了积极的、不可替代的作用。

这个看起来有些不起眼的地方，在极短的时间内就成了第二采油厂技术革新的研发中心。

“刘丽工作室”让刘丽有了一个实现梦想的舞台，开启了崭新的人生，她创新创造的热情更加高涨了。

2012 年，也就是“刘丽工作室”成立的第二年，刘丽在井上工作时，听到不少员工反映螺杆泵井井口裸露电缆的护管存在不少问题，有一定的安全隐患。

螺杆泵是国内各大油田进行采油井作业时常用的设备之一，工作时需要电力驱动。为安全起见，井口外裸露的电缆段由一根长 2 米左右的铁管或 PVC 管做成“L”形包住，然后按要求埋入地面 40 厘米以下。

刘丽到现场查看并拍了一组照片，经过反复研究、比对、分析，发现原有的电缆护管与电机接线盒连接处是用密封胶带缠绕的，固定不牢靠不说，到了冬季，电缆冻得

“刘丽工作室”建立初期

2017 年，“刘丽工作室”被命名为“全国职工教育培训示范点”

硬邦邦的，不易打弯，往护管里穿就更费力了，非常不利于调整电机位置或作业施工。

刘丽把护管的改进当成了工作室主要攻关项目，立志要解决这个困扰一线采油工多年的问题。经过一个多月的琢磨和试验，她把护管头部设计成卡箍形状，通过紧固螺栓实现和电机接线盒连接。

护管整体长度近 2 米，电缆不易穿过，她就把护管裁分成了 4 个部分：横向的直管段、纵向的直管段、弯管段（裁分成两片半圆弯管）和埋地管段。这样一来，即使在

螺杆泵井多功能电缆护管

寒冷的冬季，也可快捷地将电缆穿过。

同时，埋地管段插入地下，与护管地面部分为分体结构，作业施工时，只需将卡箍卸开，将护管地面部分拆除即可。施工结束后，再将地面部分重新安装，这样就避免了护管整体拆装的不便以及对井场的破坏。为了防止护管底部与电缆发生直接摩擦，刘丽又将直管口做了豁口设计，让二者友好共存，互不伤害，有效保护了电缆。

新护管很快安装到井上，拆装方便，操作简单，还真不错！可没过多长时间，新的问题又出来了：刘丽设计的护管高度是按选定的井设计的，可现场每口井的井口高度不一样，但是在加工时又不能一口井一口井地测量之后再按不同尺寸加工。如果全部护管都是“私人定制”的话，想要去推广几乎没有可能，这项革新的意义就微乎其微了。

刘丽的爱人杜守刚喜欢钓鱼，一天晚上，杜守刚又满载而归。

那几天，刘丽天天脑子里思考的都是如何解决电缆护管问题，她弯腰帮忙收拾钓具时，无意间抽动了鱼竿。灵光乍现，刘丽如醍醐灌顶，恍然大悟：鱼竿的套杆结构不正好可以解决护管长度调节的问题嘛！

刘丽当天就画出横向及纵向采用套装管的护管图纸，第二天就交给加工车间进行制作。

改进的护管纵向上采用套装管，对于不同高度的井口，只需调节套装管的连接位置，并用螺钉固定即可。横向上也采用套装管，当调参、换皮带需要调整电机位置时，在一定范围内伸缩套装管即可，不需要将护管整体从井场挖出。每次拆装操作由原来的 40 分钟缩短至 10 分钟，省时省力、方便快捷，关键是它还能适应不同电机位置随意调整，可重复使用，节省了大量的材料费用。

刘丽的螺杆泵井多功能电缆护管获得了较大的推广空间，仅两年的推广，就在第二采油厂安装了 1000 余套，每年可创经济效益 32 万元。

刘丽常说，做创新创效的有心人，就一定会在技术革新上有所收获、有所建树。

工作室助力“大满贯”

如果说，助力员工成长成才是刘丽的人生交响乐，“刘丽工作室”则为这曲交响乐提供了舞台。

2011 年 10 月，已经升格为大庆油田公司培训师的刘

刘丽（左三）和获得厂 2012 年度青年岗位能手称号的徒弟合影

丽要带领第二采油厂的选手征战大庆油田公司岗位安全练兵竞赛。这是“刘丽工作室”成立后，刘丽和学员们迎接的第一次比赛，其意义之重大不言而喻。

采油工种是比赛重点项目，除了个人排名，还采取班组赛进行团体排名，这就意味着任何一名选手“拖后腿”，都会影响团体排名。此次的参赛选手，有“冠军选手”赵海涛等高手，也有大赛经验不足的新兵。

在赛前封闭训练的那段日子里，刘丽和学员们吃、住、学、练都在一起。女儿放了学没有人带，就接到培训中心来；累得腰椎间盘突出症犯了，去医院怕耽误时间，就让爱人送药过来。用在学员身上的“魔鬼训练法”，也同样用在了自己身上。

谁流下的汗水多，谁就会最终站在领奖台上。在全油田 92 个采油班组、276 位采油精英的激烈角逐中，刘丽所带的班组以绝对优势喜获竞赛采油班组赛第一名，徒弟赵海涛再次摘得采油工种个人赛第一名，打破了油田公司从未有人蝉联此项冠军的历史。这一次，刘丽完美打赢了工作室成立以来的第一战，获得了“双冠”。

这次比赛后，有记者采访赵海涛等人，他们说得更多的不再是师父刘丽，而是凝结着更多人智慧的“刘丽工作室”。他们举起奖杯的时候，更是不无自豪地说：“我们来自‘刘丽工作室’。”

在人才培养上，“刘丽工作室”并不只局限于为大赛打造优秀选手。刘丽所思考的，更多的是如何用好工作室这一平台，不断探索人才培育的新路径、新模式，不遗余力地分享知识和技能，从而培养出更多敢于探索、善于创新、勤于钻研的人才，广泛惠及广大产业工人。

工作室建有多功能的培训场所，营造了理想的培训环

刘丽（右二）与工作室成员共同交流

境与革新氛围。这里有刘丽的梦，是技传百家，桃李满园；这里有青年员工的梦，是学有所长，早日成才。

在工作室里，刘丽一边大搞技术革新，一边勤耕不辍，倾其所有地传授技能，费尽心思地给学员提供各种成长进步的机会，千方百计用内容丰富的培训使工作室成为一个让学员眷恋的地方，竭尽所能把革新理念深植于每名学员的心中。

工作室最初成立的 9 个月，开展技术培训 20 余次，参加培训的员工多达 500 余人，90% 以上达到中级工以上水平，技能鉴定合格率达 100%。2012 年，“刘丽工作室”被评为大庆油田公司青工技能创新示范基地并授牌。

一路踏歌，一路花开，“刘丽工作室”成了四季皆春的人才培养基地。徒弟赵海涛在刘丽的悉心栽培下，继蝉联两届大庆油田公司技能大赛冠军后，于 2012 年再次获全省青年职工岗位技能大赛冠军，成为名副其实的“状元郎”。从大庆油田冠军到省冠军再到中国石油天然气集团公司个人、团体双冠军，天道酬勤的刘丽实现了教练生涯的“大满贯”。

第十章 『技师之家』聚合力

工作室有了“技师之家”

2014年，岁月在第二采油厂刻下深深的第50道年轮。在“我为祖国献石油”主旋律始终伴随的半百征程中，第二采油厂曾经创造出900万吨以上高产稳产30年的辉煌业绩，已累计生产原油超过4.26亿吨，占同期大庆油田总产量近五分之一。

在开发建设上取得瞩目成就的同时，第二采油厂在人才培养方面也写下了光辉的一页，一大批优秀的操作技能人才如星辰般交相辉映。当时，第二采油厂已经拥有集团公司级技能专家 3 名、油田公司级技能专家 16 名、工人技师 658 名。这些专家能手像一颗颗珍珠散落在各自的生产岗位上，发挥着不可替代的作用。

但由于这些“珍珠”大多是单兵作战，合力作用发挥不够突出，智慧、成果难以共享。以“刘丽工作室”为例，由于采油工种的单一性，在开展革新攻关时，遇到其他专业的问题总有单打独斗、势单力薄的无奈。如何把这些“珍珠”穿起来，实现优势互补？

“刘丽工作室”一直在探求形成合力的方式。厂里也积极帮助他们谋思路、建组织、揽人才，使工作室真正成为一支创新创效的攻关队。2014 年 7 月，第二采油厂成立了以刘丽工作室为“主创”、以“集团攻坚模式下集中智慧和力量，高效分配和利用资源，系统完善激励机制”为发展理念的群众性组织——“技师之家”。刘丽成为当之无愧的领头人——“技师之家”总会长，“刘丽工作室”从此有了一个新的“战场”。

在厂里的大力支持下，“刘丽工作室”不仅新配备了教

第二采油厂群众性创新创效成果转化示范区

学器材和加工工具，建立了专业焊房，还成立了 3D 打印实验室，开辟了包含 11 口不同机型抽油机井的群众性创新创效成果转化示范区，将厂机械维修大队机械加工车间纳入了工作室的研发体系，并拨专用资金作保障……就此，研发、生产、应用一体化的“革新梦工厂”诞生了。

这一次，刘丽和她的伙伴们要面对的，是如何利用“技师之家”的丰富资源形成科学有效的工作模式，让这

刘丽（中）和徒弟们正在研究自锁保护式胶皮阀门

里真正成为企业技术、人才的“孵化器”，成为为企业创新创效的“高新区”。

“技师之家”成立后，坚持开展专家大讲堂、革新成果研制等活动，参与了全厂群众性创新成果和“巧技绝活”的征集、评审工作；组织全厂技术革新骨干500余人到油田先进创新工作室及辽河油田、胜利油田等企业的国家级技能大师工作室参观学习，并完成调研报告进行经验分享；建立了包含技术论坛、网上课堂、成果展示等13大板块、27个专栏的“技师之家”网站，以及“技师行动”“成果秀场”“测试精英联盟”微信平台，随时随地征集生产难题、提供解决方案、探索革新思路、传播前沿技术。

产品加工离不开经费的支持和流程的保障。为此，由第二采油厂工会牵头专门为工作室开辟经费渠道，建立了生产难题征集、工作室成员研发申报、审核组研究确认、加工车间论证、工会审批、厂行政经费支持的产品转化流程。

有了经费的支持，“技师之家”的技师们干劲更足了，各种各样的发明、革新纷至沓来。只要想法足够优秀，工作室就立刻组织多工种进行联合攻关，多兵种协同作战，在最短时间内就把想法变成实实在在的产品，投入到生产实际中，转化成实实在在的生产力。

因“技师之家”的成立，“刘丽工作室”进行了重新规划，占地面积扩展到了8000多平方米，前院三排房子除了设置研讨厅、报告厅，还为各个分会按照业务相似度分别设立了4个创新创效工作区域，为开展创新创效活动及成果展示提供了场所；此外，工作室还建立了练兵场，可以进行采油和集输等多工种技能培训。

让更多人参与革新、爱上革新

赵海涛和汲红军两人是常驻“技师之家”的“大将”，分别负责采油分会和总会的相关事务。采油分会成员众多，超过技师之家的四分之一，且近几年来厂里大学毕业生占青工总数比重大，对他们来说，“革新开头难”。

“我们成立革新小组，吸收‘新人’加入，让他们在参与的过程中熟悉技术革新的流程和方法，并且尝到‘甜头’，这样就激发了他们的兴趣，有兴趣了就能激发出灵感。对于我们带小组的人来说，也是对能力的极大提升。”赵海涛作为采油分会的会长，所带领的团队已经初见成效。

“很多人开始革新的时候都觉得，‘我这个东西行吗？太小了吧？’现阶段，我们的原则是，不怕小。”负责总会事务的工作室“元老”汲红军，自己就做了个“不怕丢人”的“小东西”。

抽油机盘根盒底部有个起支撑作用的垫片，以前要换这个垫片需要用到吊车，油井还要关井停产半天。汲红军把这个垫片分成两半，做成了卡扣式，用几块钱的成本、几分钟时间就把问题解决了。

“别看垫片小，但井上哪有多余的东西呀？”开始觉得这个革新有点“小”的人，仔细想想之后无不受到鼓舞。

唐海燕是采油分会的一名会员。“以前一直觉得革新是个‘高大上’的事儿，完全没概念，距离自己很遥远。自己尝试过，也不得要领。”当初抱着试试看的想法加入了分会，在一次次的交流讨论中，在不断地学习实践中，唐海燕逐渐开了窍，成为革新队伍中的一员。现在跟着大家一起干，工作劲头和信心都更足了。2015 年，她的一项革新成果获得了第二采油厂技术革新一等奖。

“我们不要一枝独秀，我们要百花齐放，我们要造就一支有理想守信念、懂技术会创新、敢担当讲奉献的技术工人队伍。”如今，这样的共识，已经在“技师之家”深入人心。

刘丽带领“技师之家”成员，不断开展“合理化建议征集”“生产难题会诊”“技师服务”等活动，有针对性地组建技术攻关小组，让小技师担起大责任，解决大问题。

除了年初到一线去征集生产难题并立项，刘丽还要求“技师之家”各分会的会员们只要有了革新的想法随时提出来，在每月的分会研讨会上拿出来征求大家的意见。刘丽每月都会参加各个分会的研讨会，一旦有好点子就立刻组织多工种进行联合攻关，这是技师之家“多兵种协同作战”的最大优势。

“有了3D打印机和机械加工车间，研发的时间就大大缩短了。”机械分会副会长张海山也因此成了所有会员中的“香饽饽”。除了自己的革新项目，他还帮助其他分会的会员们“打印”模型、修改设计、加工成品，每天忙得不可开交，却乐此不疲。

评判一件革新成果的优劣，最终还是要应用到生产现场来检验。吸引越来越多人加入“技师之家”的原因的不光是因为浓厚的革新创效的氛围，还有成果转化的效率。“技师之家”探索实施了“专家技师联合研发、革新工厂自主生产、示范区试用推广”的“研产用”一体化创新模式，在这里，很多在生产一线征集的难题，经过多工种联合攻关，在最短时间内，让技师们的想法变成“热气腾腾”的产品。不同岗位、不同工种的专家技师成立联合攻关组，围绕生产难题研制革新，一同头脑风暴，只要脑海中有了成型的想法，就可以启动车床，上手“比画”，一旦敲定细节马上制图、制作，样品出炉后直接在“技师之家”的试验井上试验，试验成功再投放到群众性创新创效成果转化示范区，等待各作业区、基层班（站）下订单……专家技师们各司其职，协同配合，革新成果转化效率大大提高。

在刘丽的带领下，他们累计研发技术革新成果 1048 项，获国家专利 174 项，推广成果 5000 多件，创效 1.2 亿元。第二采油厂的创新创效成果数量也由过去的每年 100 多项增加到现在的 300 多项。

“刘丽工作室”因“技师之家”的成立，增强了横向联合技术研发的能力，显著提升了创新创效水平，成为大庆油田乃至全国石油系统都值得称道的创新工作室。随着“刘丽工作室”知名度的不断提高，吸引了越来越多人的目光，不仅大庆油田各个兄弟单位前来“取经”学习的人不少，中国石油各下属企业乃至全国各地也有越来越多人慕名而来，学习创新思路和方法，感受浓厚的革新创效氛围。

“一个人能做到的贡献是微小的，只有将自己的专业知识与技能播撒出去，辐射和带动身边更多的同事和伙伴共同提高、全员创效，才能让‘工匠精神’在油田遍地开花。”刘丽在一次回答记者的提问时的一句话，准确地阐述了“刘丽工作室”承载的使命。

2012 年，工作室被命名为“大庆油田劳模创新工作

刘丽（左二）与徒弟们共同研制革新

室”；2014 年，被命名为“黑龙江省劳模创新工作室”；2015 年，被评为“黑龙江省工人先锋号”，同年还被命名为“中国石油天然气集团公司刘丽采油技能专家工作室”；2017 年，大庆油田在工作室召开了“传统立身、勤俭立业、百年立功”全员行动现场经验交流会，同年，工作室被命名为“全国示范性劳模和工匠人才创新工作室”。2019 年，被评为“全国三八红旗集体”和“新中国 70 年最具影响力班组——新时代特色品牌班组”，2023 年，入选“国家级技能大师工作室”。

刘丽说，“我不过是个路上领跑的人，因为方向正确、目标明晰、影响广泛，所以很多人都在加入进来。”如今，“刘丽工作室”已吸纳了涵盖采油、集输等 35 个工种的 531 名技术人才成为会员，并成立了 12 个分会，成为了集人才培养、难题攻关、技术革新、成果转化等功能于一体的创新创效联盟。

精益求精，不断进取；一丝不苟，严谨专注；吃苦耐劳，持之以恒……这样的精神传递在“刘丽工作室”的每名成员之间，蕴含于“刘丽工作室”的每寸土地之上。

在这场“石油战线技术革新的马拉松”中，刘丽和她的团队已经成为领军队伍。

2017 年，“刘丽工作室”被命名为“全国示范性劳模和工匠人才创新工作室”

练兵场

第十一章 技术革新巧解题

面对采油一线员工在生产中遇到的难题，刘丽一心想着通过技术革新让他们多省些力气、减轻些负担、少一些烦恼。她带领工作室成员针对现场技术难题，在一遍遍的研发、生产、试验、修改、再试验中，寻找着最佳的解决方案，用精益求精演绎着大国工匠的风采，用执着创新诠释着新时代工匠精神。一鼓作气“四连击”就是其中的一段缩影。

“初击制胜”：清蜡设备巧减负

在油田生产中，电泵井防喷管安装在电泵井井房顶上，2.5 米高，借助一根 4 米多长的、用四条绷绳绷紧的扒杆才能上去施工。几十年来，防喷管和扒杆一直是电泵井不可缺少的配套装置之一。在刘丽的“电泵井便携式防喷管清蜡设备”问世以前，井房顶上那根高高的防喷管让很多清蜡工都吃过“苦头”。

大庆的冬天经常是零下二三十摄氏度，把电泵井防喷管一根根都冻得结结实实的。清蜡工上井清蜡，用火烧防喷管属于违章操作，只能从队部提来一壶壶的热水浇在上面将其化开，然后清蜡工才能进行清蜡作业，十分不便。另外，防喷管过长，不管是一年两次的防腐还是日常清蜡，都得高空作业，要爬上 4 米多长的扒杆作业，谁的大腿都打哆嗦，而且存在一定的安全隐患。

有一段日子，刘丽的脑子里想的就是这防喷管，琢磨着怎么样对原有的这套清蜡设备进行改进。当时，有人担心地说：“从开始就用这样的东西，都用几十年了，要是能改不早改了吗？”

“有问题就得改。”刘丽的想法很简单。可革新又谈何容易。设计图纸画了一大摞，现场跑了几十次，尽管经过多次尝试，刘丽对老式防喷管的改进却一直没有进展。

这一天，在一口水井的测试现场，测试人员将防喷管安装在水井井口，测试完成后再将防喷管拆走。她看到后忽然有了灵感，觉得这个办法简单又易于操作，用在电泵井上也行得通。

刘丽马上召集采油分会、机械分会的几名技师、专家开会，她说出了自己的初步想法和需要解决的难题，让大家一起想办法。

人多点子多，团结力量大。经过分析论证，在刘丽设计方案的基础上，“技师之家”的张海山、邹继艳、李勇等攻关人员完成了对电泵井清蜡防喷管的改进，最终确定的解决方案是：将电泵井扒杆、防喷管实行分体式设计，使电泵井清蜡设备分为便携式防喷管、防雨天窗、新型短节三个子部分，取消电泵井原有清蜡扒杆、防喷管、绷绳、滑轮螺丝等设备，将原防喷管由 2.5 米缩短至 1.8 米，形成便携式防喷管。在清蜡时到现场安装，避免了高空作业带来的安全隐患，减少了员工劳动强度。

防雨天窗采用翻盖式结构，加装防雨胶条及安全锁。

在使用时，只需打开安全锁即可打开天窗进行工作，方便快捷，避免了老式扒杆天窗开口用水泥密封不严而造成的渗水现象。

新型短节安装在电泵井清蜡阀门的上部，由加长短节、堵头、放空阀门组成。在安装和拆卸便携防喷管时可以在低处放空，最大限度地将管内液体放净，避免因液体残留而造成管线堵塞现象，增加了安全系数。

此后的制作一直比较顺利，只是在加工加长短节及堵头时费了点功夫。按设计要求，需要承压能力较高的高强度圆钢一体制成，工作室的人跑遍了整个大庆的金属市场，好不容易才找到合适的材料。

电泵井便携式防喷管清蜡设备自设计到井上安装，只用了近两个月的时间。许多单位听说了这件事，找上门来要技术。看到这一革新成果得到了大家的认可，厂里对这个项目进行了推广，现在全厂 300 口电泵井都已经安装了这套装置。

“技师之家”各分会间优势互补，协同创新，研制出新的便携式清蜡设备，结束了大庆油田自上世纪 60 年代以来每口电泵井配一根防喷管的历史，大大减少了材料损耗，规避了安全风险。该成果获得了 2018 年全国能源化学地质系统优秀职工技术创新成果二等奖。

有一天，一口电泵井出现故障，刘丽去现场查看。工作间隙，她问管井的老师傅：“新装上的清蜡设备效果怎么样啊？”

老师傅不认识刘丽，滔滔不绝地向她讲起了这个装置的好处，临了还认真地说了句：“这个刘丽有能耐，干了件好事！”

一位不熟悉的师傅能这样赞叹这件小发明，刘丽很感动，说：“这个东西我听说不是刘丽一个人搞的，而是她和团队的十几个人一起研发出来的。”刘丽的回答说出了自己的心里话。

“二连击”：巧取断杆螺栓

一天，刘丽在工作室接到了一个电话：“刘丽，咱们作业区有一口刚作业完的抽油机井的减速箱刹车鼓固定螺栓断裂在减速箱内，找厂家来看过了，说是要更换减速箱，这一来一去就得好几天，耽误的产量可不少。你们工作室帮个忙，看看能不能尽快解决这个问题！”

“好的，我马上去现场看看。”挂断电话，刘丽快步走出工作室。

刘丽带着汲红军等人赶到现场，对断杆螺栓进行仔细观察，发现这条螺栓断裂在减速箱内，断口很深，在外部无法用工具取出来。大家一边思考一边和现场人员交流意见，先后讨论了几种方法都没能取出螺栓。经过反复讨论，刘丽提出对在断裂的螺杆上钻孔，再利用丝锥将断杆螺栓取出。

断面陷在减速箱壳体里，想要在上面钻孔，操作起来难度很大。只有想不到的，没有做不到的。刘丽说干就干，她找来定位销，用手锤敲击，在螺栓断面上打了个定位眼，以便于钻孔。再选择一根尺寸比螺栓小的钻头，用手电钻沿着定位眼向下继续钻出一段深孔。接着用一个左旋的丝锥锥入深孔，与断杆连为一体，用扳手一圈一圈转动左旋的丝锥尾端。

方法果然奏效，一个半小时后，刚刚还倔强如顽童的半截断杆螺栓就像乖宝宝一样被旋转出来了。

他们巧妙地取出了断杆螺栓，解决了这个生产难题，为作业区节省了近 10 万元的成本，使这口日产油 5 吨的高产井及时恢复了生产。看着旋出的半截断杆螺栓，刘丽那张流淌着汗水的脸终于露出了朴实的笑容。

“三连击”：研制新型泄油堵头

近些年，大庆油田螺杆泵井逐渐增多。螺杆泵驱动头齿轮油需要定期进行更换，否则一旦变质会降低润滑效果，影响采油机械的运行。一般来说，每口螺杆泵井一年要更换两次。在进行换油操作时，常常会出现这样的问题：泄油堵头安装在螺杆泵驱动头底部，周围被驱动头支柱包围着，操作空间很小，且泄油堵头为普通螺纹堵头，一旦打开堵头泄油，齿轮油就会流到设备和地面上。换一次油，员工就要收拾一遍设备和地面，增加了工作量。

刘丽和采油分会的赵海涛召集大家研究如何解决这个问题。

技师们对这个问题早有耳闻，看刘丽开了头，他们就都将自己的设想说了出来。但是，经过大家讨论，这些想法都无法简便、经济地解决问题。于是，这个难题成了留给与会者的一道课后作业题。

一天，刘丽和工作室成员到现场研制取压接头密封圈的取加工具。大家围着取压接头忙着拆卸，刘丽却被取压接头旁边的取样阀吸引了。因为要防止冻结，井上原有的

刘丽（中）和工作室成员在集体讨论革新成果实用性

普通取样阀都被换掉了，新换上的是一种能伸缩进管线内的小阀门，同时因为要考虑防盗，阀门开关做成了内置。这种体积小又有开关的设计刚好符合螺杆泵驱动头泄油堵头改进的要求。

第二天上班，刘丽将自己的想法告诉了赵海涛等人，大家又七嘴八舌地提出了修改意见，最终确定了革新方案：将传统的螺杆泵驱动头泄油堵头加长 10 厘米，内部设计阀门，同时在侧面装上管线连头。需要泄油时，把软管连在接头上，打开阀门，旧油就会顺着管子流进旧油桶，油泄净后关闭阀门。接着，在驱动头上方注入新齿轮油，完成齿轮油的更换。

这项革新最大的优点是在堵头内安置了一个控制阀，可以人工控制油液流动，将泄油由无控变为有控，增加了人为可操作性。新型泄油堵头现场应用后，泄油快速干净，设备不脏了，员工再也不用擦油了。这项革新成果获得大庆油田重大技术革新成果一等奖。目前，这一装置已在第二采油厂等单位进行了推广应用，并进入大庆油田装备制造图纸库，在全油田批量推广使用。

“四连击”：研制螺杆泵井下防倒流装置

螺杆泵是依靠泵体与螺杆所形成的啮合空间容积变化和移动输送液体或使之增压的回转泵。螺杆泵按螺杆数目分为单螺杆泵、双螺杆泵和三螺杆泵等。当主动螺杆转动时，带动与其啮合的从动螺杆一起转动，吸入腔一端的螺杆啮合空间容积逐渐增大，压力降低。液体在压差作用下进入啮合空间，当容积增至最大而形成一个密封腔时，液体就在一个个密封腔内连续地沿轴向移动，直至排出腔一端。这时排出腔一端的螺杆啮合空间容积逐渐缩小，而将液体排出。

螺杆泵中的驱动杆柱有几百米长，在泵体内高速旋转过程中储存了一定的动能。当操作人员停止螺杆泵时，由于油、套管之间液位差的原因导致螺杆泵回旋的惯力特别大，当防反转装置制动不灵敏或失灵时，螺杆泵不能立即停机，给操作人员和生产设备带来极大的安全隐患。针对这一情况，刘丽带领工作室成员研制了螺杆泵井下防倒流装置。该装置可以起到两方面的作用：一是对井下驱动杆柱的力量进行分解，减少形成扭矩的惯力；二是内置了一种单流阀，避免了油液的回流。

这个新的创新成果花费的成本不高，但用去了“刘丽工作室”前后700多天的时间，通过几十次的反复试验才获得了成功。

“技术革新之巧，都是心血的结晶。”刘丽深有感触地说。

第十二章 追求完美 造就精品

“名片意识”

熟悉刘丽的人都知道，她是个对工作追求完美的人。“‘铁人’讲，‘宁要一个过得硬，不要九十九个过得去’，干工作也好、搞革新也罢，必须要有‘名片意识’。我发明的革新、创新的技术，就相当于贴上了刘丽的名字，不把它改进到极致，我决不罢休。”这是刘丽常说的一句话，也是她参加工作30年来各项日常工作和革新成果的缩影。她不但对自己严格要求，对自己的徒弟更是如此。

作为徒弟，第二采油厂第二作业区注采4–6班采油井长邹继艳对师父刘丽的严谨深有体会。邹继艳一直保留着2016年设计的一个防喷溅取样阀废品，这个直径比矿泉水瓶还小上一半的东西，是邹继艳的宝贝，“谁也不许给我弄丢了”。原来，这是当年为了年底评审创新项目制作出来的一个革新成果，存在着引流孔大小不符合实际的缺陷。邹继艳抱着“试一试没准能获个奖”的心态，再加上自我感觉和师父比较熟，认为参与评选应该没有问题。

在现场评审会上，刘丽是评委之一。邹继艳刚调试好幻灯片，刘丽就当着所有人的面，对邹继艳说道，“你这个东西不要讲了”。屋子里的人齐刷刷瞅着刘丽。“这个东西在试验过程中存在问题，不具备上会评奖资格，不要浪费大家时间了。”刘丽没有犹豫，直接让下一个汇报人继续汇报。

邹继艳的产品最终没能参加评审。有一段时间邹继艳心里还有点闹情绪，觉得师父太不近人情。“当时在现场，当着那么多人的面，师父毫不留情地给我否决了，我顿时蒙了。”回想起当时的场景，邹继艳说道。

可刘丽就是那个始终以高标准、严要求对待工作的人，在她的字典里，没有“将就”“差不多”出现，她绝不允许自己经手的工作存在不严不实，对于自己的徒弟也是如此。和邹继艳再见面时，刘丽开导她：“搞革新重在‘严’和‘实’，来不得半点弄虚作假。我们不是为了评奖去做革新，这个东西是你做的，就好像贴了一张你的‘名片’，如果不成型、不好用，其他人看到用到这项成果时都会想

刘丽的徒弟邹继艳在工作中

起你，以后你在工作中也很难立足了。”

在师父刘丽的指导下，第二年邹继艳研发出了一个全新的取样阀，并获得大庆油田技术革新二等奖、第二采油厂技术革新一等奖，还在全厂进行了推广。从那以后，邹继艳终于理解了师父对自己严格要求的那份苦心。

“严实意识”

几年来，“刘丽工作室”的技师们的创新成果花样繁多，刘丽提出的建议也常常独辟蹊径，一语中的。除了在方法和思路上的指导，“严实”也是刘丽最常提到的。“从师父身上学到，只要经手的事儿就要有自己的痕迹，一定要把这个事情做到自己满意，让别人无可挑剔。”提及师父刘丽身上严细认真的精神，赵海涛深有感触。

在生产运行中，如果抽油机的光杆断了，与悬绳器分离，处理故障时就需要有人站在井口托举悬绳器，重新穿到光杆上，既费力又不安全。为此，赵海涛尝试着解决这个问题。

他一开始提出的思路是能否用什么方法扶住悬绳器。但这个思路很快被刘丽推翻了：“我们为什么不从根本上解决问题，制作一个能让悬绳器自动穿上去的工具呢？”

刘丽的一句话打开了赵海涛心中的一扇窗，思考过后，他改变研究方向，很快做出了一个一体式光杆自动导入装置。为了让光杆穿入悬绳器后可以让自动导入装置方便拆卸，他费尽心思，特意在喇叭形导入管上开了一个螺旋形的小缺口，方便光杆通过，取下导入装置。但就因为这个缺口的存在，方案再次被刘丽推翻了。

“部件留这样一个小缺口不耐用，在实际生产中很容易带来其他的问题。咱们做出来的革新如果没几天就用坏了，不但没有减轻员工的负担，反而要让岗位员工维护咱们研制的革新，长此以往，谁还会再用呢？”刘丽一直奋战在采油一线，她非常清楚像她一样的岗位员工们最需要什么，如果不能全力做到尽善尽美，刘丽是不会轻易把成果提交的。

刘丽经过认真的思考后，给出建议：“做成两瓣式。”

简单五个字，让赵海涛茅塞顿开，他将光杆自动导入装置做成分体式，下面是喇叭口，上面是快速拆装卡扣，安装时，前后对应地扣在悬绳器上，使用快速拆装卡扣卡死。启动抽油机后，驴头下行时，悬绳器带着光杆自动导入装置下行，当装置的喇叭形导入管碰到光杆时，光杆就

刘丽（左二）和徒弟在讨论技术革新难题

会在喇叭形导入管的引导下自动穿入悬绳器内。将抽油机停至下死点，打开快速卡拆装扣将装置分离取下，即完成了整个操作。新装置投入运行后效果很好，获得了厂技术革新二等奖。

2019 年 4 月的一天，刘丽和汲红军到第二作业区井场进行生产调研，看到有维修班员工正在调整抽油机毛辫子对中，他们都是凭借经验，用肉眼观察，有时要反复调整好几次，既不安全，又影响时率。她就问汲红军：“这个

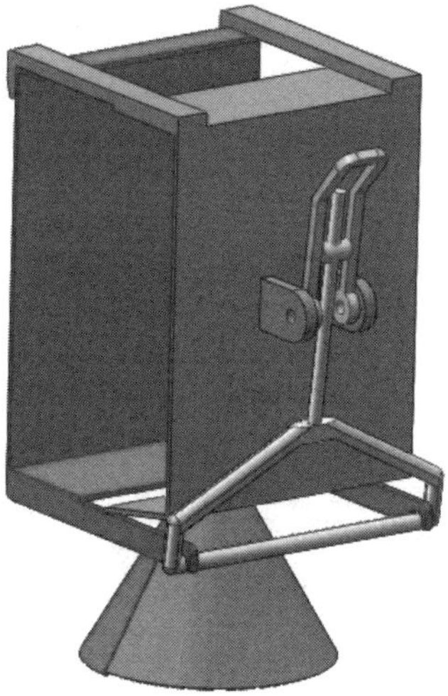

赵海涛研制的一体式光杆自动导入装置 3D 效果图

课题能做不？”

“这个课题太小了吧？”汲红军回答。“小吗？我给你算笔账：假设咱们通过革新能够保证毛辫子一次对中，每次可以节约 10 分钟，多增加 10 分钟的生产时率，全油田一共有好几万口抽油机井，你还觉得这个课题小吗？”

6 月，大庆油田与中国石油大学（北京）开展共建活动，力求用智能、便捷、现代化的方法解决油田生产难题。汲红军将这个课题报了上去，成功地与中国石油大学（北京）视觉测量方面的老师“牵上线”。汲红军提出的方案是：通过摄像头对准抽油机驴头打光，将光线偏差数值记录下来回传到电脑中，再通过编程计算出偏差数值以及需要将螺丝往哪个方向调整几圈。

但刘丽提出了自己的疑问：“摄像机放在地上吗？地面如果不平怎么办？井场上有风会不会有干扰？”一连三个问题难住了汲红军。他赶忙给中国石油大学老师打电话咨询。老师回复：“地面不平、有风肯定会有误差。”

于是，刘丽提出了把摄像头安装在盘根盒上的设想，终于使方案趋于完善。刘丽对待问题之严格、思考问题之细致、考虑问题之周到让汲红军佩服不已。目前，该仪器已经投入油田生产之中，取得了良好的效果。

让更多的人从更多领域参与创新创效，是刘丽一直致力的工作。在自己走过的道路上，会聚并引领更多的人加速前行，刘丽体会到了一名先行者的快乐。对自己的知识和技能，她毫无保留、倾囊相授。有人劝刘丽："别那么实在，不是自己的革新成果就不用那么上心。"可刘丽却不这样想。"油田生产中从来不缺少难题，缺少的是具有革新热情的人。如果我们把知识和经验传授给更多人，那么就会有更多对油田生产有益的启发和思路，革新成果就会越来越多。至于成果是谁的，并不重要。"刘丽的无私，也为她带来了更多的思路和灵感，助力"刘丽工作室"成为远近闻名的革新创效"梦工厂"。

第十二章 家人支持伴前行

“革新助手”杜守刚

曾有不少人问刘丽：“你一个女同志，又要搞革新又要带徒弟，有时间照顾家吗？”每每这时，刘丽都会摇摇头。“对于家庭，我感到惭愧。这些年来，因为忙于工作，我对家人关心、照顾很少。成绩的取得，离不开家人的默默奉献与支持。”刘丽动情地说道。

刘丽的丈夫杜守刚是第二采油厂第二作业区生产指挥中心管理人员，“刘丽工作室”成立后，除去出差、培训学员，其余的时间，刘丽几乎都“泡”在这里，时常“泡”在这儿的还有她的丈夫杜守刚。他也是一位生产岗位上的革新能手，工作室众多革新项目都有他的功劳，妻子搞的一些技术革新项目离不开他的“高招儿”。刘丽常说：“老杜真是我革新路上的好搭档。”

1993 年，两人从技校毕业后，都来到了第二采油厂。

刘丽的爱人杜守刚

刘丽在采油 48 队，杜守刚在采油 49 队。作为两个标杆队的佼佼者，两人在各种学习、培训、比赛中渐渐熟悉，又被对方的优秀和上进所吸引，便自然而然地走到了一起。在恋爱期间，刘丽成为“中国石油天然气总公司技术能手”，在北京受到了嘉奖；杜守刚则走上了基层干部岗位，成为采油队的一名基层管理人员。除了在生活中甜蜜幸福的点滴，还有在工作中全力以赴的支持，在激烈争辩后的茅塞顿开，在技术革新中的默契配合。

刘丽的工作特别忙，白天要跑现场，晚上要做设计、写文稿，家里的事想得少、做得也不多。杜守刚能者多劳，工作、家庭一把抓。他管理的每项工作都在厂里名列前茅，同时还把家里家外管得井井有条，让刘丽能专心投入革新工作当中。为了让刘丽能多一些时间思考技术难题，婚后他们两次搬家都没让刘丽插手，自己就悄悄把新家置办妥当。

杜守刚不仅是持家的好助手，还是刘丽随叫随到的“专职司机”。平常刘丽上下班都是杜守刚顺道接送，而在休息日里，刘丽随时都有可能接到某个通知去加班、出差、开会，杜守刚仍然随时听从召唤，驱车上路。刘丽在 2004 年就已经考取了驾照，但杜守刚却从来不让她“碰车”：“你太忙了，而且你总熬夜，精神容易不集中，自己开车不安全。坐车不比开车舒服多了，我愿意做你一辈子的司机。”

杜守刚不光做好了后勤，也是刘丽技术革新上的好搭档之一。2001 年，刘丽研制新型上下可调节盘根盒时，由于配套密封圈材料抗磨强度差，出现了漏油的问题，需要找到一种新的密封圈材料，这可难住了刘丽。杜守刚历时

刘丽（左一）和爱人杜守刚在家中一起学习

一年时间，几乎跑遍了大庆市所有五金店，不断地拿回样品来和刘丽一起尝试，最终找到了一种尼龙棒解决了渗油的问题。上下可调节式盘根盒的改进终于成功了。“这项发明有我的一半也有你的一半。”刘丽感激地对杜守刚说。

从研制上下可调节式盘根盒开始，再到便携式电泵井防喷管、多功能悬绳器，都有杜守刚支的招儿、想的法子，每一项成果都凝结了夫妻二人的心血。

现在，杜守刚在井上遇到无法解决的问题就会直接来到“刘丽工作室”，和刘丽以及工作室的专家们讨论解决办法。而工作室里如果有需要在生产现场检验的成果时，也会直接找到杜守刚进行咨询。

在丈夫的协助下，刘丽在革新之路上披荆斩棘、一路飞驰，让周围的同事和朋友羡慕不已，“比翼齐飞”这个词用在他俩身上再合适不过了。当刘丽说起感谢的话时，杜守刚却总是说：“我也是第二采油厂的员工，我不是帮你，只是在做我自己分内的工作。”

开在病房的直播间

刘丽的母亲许贺玲，当年是第二采油厂家属队的队长，是一位有着丰富经历的会战家属，一直支持着刘丽在技术革新之路上大步前行。

2020年3月，中国石油天然气集团有限公司人事部为进一步发挥高技能人才队伍示范引领作用，指导技能专家们在破解生产难题上攻坚克难，健全完善技能专家跨区域(企业)交流合作机制和模式，在技术技能交流上开辟新途径，协调组织高技能人才通过“中油易连”平台，围绕一线生产难题，在线开展生产难题研讨和技术技能交流活动，首场研讨的组织工作交给了刘丽。作为中国石油天然气集团有限公司技能专家协作委员会勘探与生产分会主任，刘丽为这次线上交流活动做了精心的准备，查资料、做笔记、找案例，确定了“机采井洗井质量检测”的探讨主题，直播时间定在3月10日19时。谁料当天下午，正和徒弟邹继艳等人专心备课的刘丽，突然接到了母亲病重住院治疗的消息。

许贺玲身体一直比较硬朗，很少生病，因此这次传出患病的消息，让刘丽非常担心。她工服也来不及换，立即往医院赶。直到晚上，母亲的病情渐渐稳定下来时，距离直播时间只有十几分钟，刘丽想赶回家去直播已经来不及了。

杜守刚连忙找到护士借来了一部笔记本电脑，连上了手机热点，交给了刘丽。刘丽拿出自己随身携带的U盘，插入电脑，就在母亲的病房里，进入了直播间。

这时直播已经开始了两分钟。邹继艳等人都以为刘丽没法参加会议了，正在着急，一看刘丽上线了，大家纷纷鼓掌欢呼起来。

“让大家久等了，实在不好意思，家里有点儿急事，耽搁了。我现在在医院、在母亲的病床边和大家一起进行讨论和学习，希望大家理解。”刘丽的声音有些沙哑。

当晚，围绕议题，刘丽结合幻灯片为大家做了一次精彩的分享，组织大家进行了一次“头脑风暴”，直播间参会的人员都积极参与讨论。直播共进行了两个小时，母亲虽然一言不发，但却不住地微笑，微笑地看着女儿发言，微笑地听着女儿讲话。

女儿刘丽一直是母亲的骄傲。自从刘丽参加工作后，不断取得新的成绩，各种先进事迹见诸报端，已经退休的父母把这些报道都细心地剪下来，好好地珍藏着。在空闲的时候，他们俩一起翻看着剪报聊天，在女儿的话题中度过闲暇的时光。那是温暖他们晚年生活最明亮的一缕阳光，他们看到了大庆精神、铁人精神传承的清晰脉络，正

刘丽（右一）和母亲合影

延续到女儿身上。

父亲去世后，母亲常常独自一人守着这些剪报，像守着冬天的篝火。她经常抱怨说，现在女儿的事迹总是登在网上，没有法子弄剪报了。

后来，母亲眼睛花得越来越严重了，已经无法看清剪报上的字。但是，她仍能在那些模糊的剪报上找到女儿的过去，在字里行间，看到女儿 1997 年获得全国青年岗位能手技能运动会采油工种第三名，2009 年成为中国石油天然气集团公司采油技能专家，2015 年成为全国五一巾帼标兵，2019 年成为中央企业“百名杰出工匠”……剪报中的女儿，定格成母亲晚年最幸福的记忆。

在女儿直播的两个小时时间里，她并没有听清楚女儿讲了什么。她的脑子就像过电影一样，闪过那一张张的剪报，让她面露微笑。那是一位母亲看到自己的孩子不断前行时，所能展现出的最幸福的笑容。

第十四章 女儿懂事又坚强

培训中心里的“小小老师”

刘丽的女儿名为杜香沂，小名小小，整天忙得不可开交的刘丽在孩子一岁多时就把她送进了幼儿园。

一次女儿生病了，刘丽却因竞赛培训忘记了给女儿送药，当她想起此事赶回家时，女儿已高烧 39℃。看着虚弱的女儿，刘丽不禁掩面而泣，自责自己是个不称职的母亲。

正当她心痛懊恼时，单位又有急事打来了电话，让她去上班。此刻，她真想抛下一切，陪在孩子身旁。看着左右为难的妈妈，女儿用稚嫩而虚弱的声音安慰道："妈妈上班去吧，小小今天不能陪你一起去了，不过我会自己吃药。"

作为母亲，在女儿的成长过程中，她总是缺席。女儿小时候上幼儿园，每次刘丽去接她，女儿第一句话就问，"妈妈，你今晚有活儿吗？几点睡？"刘丽知道女儿想让自己陪着她，有时不忍心，刘丽也上床陪她一会儿，等女儿睡着了她再继续工作。

刘丽的女儿

刘丽是个把培育人才当作事业干，把学员当作"孩子"带的人。作为技师，她挑灯夜战、刻苦攻关，革新成果一项接着一项问世；作为教练，她言传身教、提携后进，徒弟一个接着一个夺冠。但作为一名母亲，很多时候，她不知不觉地忽略了自己的女儿。

刘丽工作很忙，熬夜加班是家常便饭，对女儿的关心很少，跟女儿的交流也很少。女儿上学这么多年，她几乎没辅导过女儿做作业，没参加过女儿的家长会。常年不休息的她即便在家，也是在书房里翻书籍、查资料，女儿则在自己的房间安静地写作业。其实，热爱事业的她也是爱家庭、爱孩子的，但随着培训任务的增加和慕名而来求学员工人数的增多，她在工作和家庭之间把更多的精力投放到了前者。

女儿从出生到上大学，刘丽就没怎么管过她。刘丽很少带她出去玩儿，甚至下班后很少领她到楼下玩一玩，或者去亲朋好友家串个门。女儿一岁半的时候，刘丽就带着她一起去厂里的培训中心上班，经常是她在一边忙自己的工作，女儿在一旁的书桌上趴着睡觉。

上小学后的寒暑假，女儿还会来到培训中心，这时的她已经变成了妈妈的小助手，会帮妈妈复印卷子、给选手操作计时、分发考卷，主动帮着给叔叔阿姨发晚餐，干一些力所能及的活儿，减轻妈妈的负担。由于女儿乳名叫小小，大家都叫她“小小老师”。孩子慢慢懂事了，刘丽感

刘丽（左一）与女儿

到十分欣慰。培训中心有“小小老师”的日子，洋溢着一片欢乐，大家忘记了训练的辛苦。

后来，有个记者采访刘丽的女儿，问她，“你妈妈从小就不太管你，你会有怨言吗？”女儿回答，“妈妈不就应该这样吗！”

“妈妈，我很理解你”

从小，刘丽对女儿的教育就和别的母亲教育孩子不一样，她对女儿要求很严格。“别的母亲给孩子可能更多的是呵护，但是我跟女儿说得最多的却是，要坚强、要自立。我们如果同时在家，一般都是她在自己的房间学习，我在书房工作，互相都不干扰。”刘丽说。

女儿是2001年10月份出生的，她的同学一般都是2002年出生的。刘丽告诉女儿，“你比别的同学年龄大、个子高，就一定要肩负比别人更多的责任。”所以，女儿从小学二年级开始，同学们就给她起了个外号叫“老大”，四年级时就一直在管理班级了。

女儿上初中的时候，因为父母都忙于工作，从来没有参加过她的家长会，甚至有同学会问她，“你爸爸妈妈从来不管你，是不是离婚了？”

后来女儿再长大一些，刘丽开始意识到要注重和女儿的交流，有时会主动跟女儿谈心，聆听她在学习、生活上的快乐与烦恼。一次谈心的过程中，女儿对刘丽说：“妈妈，像咱们这样的家庭，孩子都会比较敏感。”当时刘丽的心里泛起了一阵酸楚，下定决心要抽出时间多陪伴女儿。

长期以来对女儿的亏欠，让刘丽感受到了和女儿的距离。女儿在她面前，总是把自己包装得特别坚强，从来没跟她撒过娇，也很少和她腻在一起，说说贴心话。有时

刘丽一家

候，刘丽觉得，她和女儿的关系更像是老师和学生，总是亲近不起来。她甚至特别羡慕大街上别的手挽着手的母女，这成了她的遗憾。

女儿读初中的时候，大庆油田举办活动，邀请刘丽和她女儿一同参加并接受采访。有一个采访女儿的环节，刘丽提出帮她准备问答稿，但女儿坚持要自己准备，就连内容也对刘丽保密。刘丽尊重了女儿的意见。

采访时，主持人问道："小小，跟大家说一说你对妈妈的印象。"女儿看了看妈妈，轻声说，"从我记事起，妈妈就很忙，陪伴我的时间也很少。但我在培训中心陪伴妈妈的日子却很多。我知道，妈妈很爱我，她陪伴我的时间短，是因为她有她必须要做的事。我不知道别人的妈妈是什么样子的，在我印象中，我的妈妈一直都是这样。我觉得我的妈妈就应该是她这样的。”

主持人接着问：“小小，你还有什么话想对妈妈说吗？”女儿转过头看向刘丽，一字一顿地说道：“妈妈，我知道您一直做的都是您最想做、最喜欢做的事。但妈妈，我想跟您说，您一直在朝着自己的理想不停奔跑，在这个过程中如果您感觉累了，也可以停下来歇一歇。”

刘丽再也抑制不住自己的感情，眼泪终于决了堤。

家乡的味道

女儿上高中后，一次刘丽要出差，正要走出家门的时候，女儿悄悄塞到刘丽手中一个纸条。当时丈夫在身边，想到女儿可能是不想让丈夫知道，才偷偷给自己的，刘丽一路都没有说什么。赶到机场后，刘丽焦急地打开了纸条，因为从来没有见过女儿这样做，她担心女儿是有什么重要的事情。纸条一打开，上面写着：“妈妈，特别抱歉，您工作这么忙，这么辛苦，我还给您添堵，妈妈，我真的特别特别抱歉。”

原来，在前一天上晚自习的时候，老师没在班级，碰巧隔壁的班里发生了一些事情，女儿就和同学们跑到走廊上看热闹，让学校抓个正着，老师说要请家长。女儿从小就特别听话，什么事都做得很好，从来没有被请过家长。纸条最后写着：“妈妈，您出差这一天，还有可能要接到我们老师的电话，真的非常对不起！”

刘丽当时想，她女儿这一晚上得有多煎熬，担心自己犯错会给妈妈添麻烦。如果这两天老师打电话，她也绝对不会训斥女儿，她会好好跟老师沟通这件事情，给老师认

刘丽（右一）在辅导女儿学习

个错。通过这件事，刘丽发现女儿跟自己还是很亲近的。

女儿高二那年，班级要在三八妇女节召开主题班会，内容围绕“和母亲相处的点滴”这个主题展开，班主任提前一天在家长微信群里发布了活动通知，广泛征集母亲陪伴孩子成长的照片、视频等活动素材。当时刘丽正在省里开会，但她不想错过这个跟孩子互动的好机会，当天忙完手头的工作，已经是凌晨1点多了，刘丽连夜给女儿写了一封信，拜托班主任在班会上念给女儿听。信中这样写道：

> 小小，我亲爱的女儿，人这一生要经历很多的不如意，经受很多的考验，这些都是你必须要去面对的，妈妈知道你学习很刻苦，承受着很大的压力，今天借老师提供的这个机会，妈妈想对你说一声感谢。再过几个小时，妈妈就要开会了，我又会戴上绶带，站在舞台中央发言、领奖，这次妈妈所获得的成就和荣誉同样有你的一份，因为你乖巧又懂事，把自己照顾得很好，从没有让妈妈操过心，我才能够毫无保留地将精力投入工作中。妈妈有一个让我特别骄傲的爸爸，妈妈也一直在努力成为他的骄傲，

最后，妈妈想对你说的是：让我们一起加油、一起努力，我努力成为能让你骄傲的妈妈，希望你也能努力成为一个让我骄傲的女儿。

那天晚上，刘丽回到大庆后，特意去学校接下晚自习的女儿。她明显感觉到女儿和平时的不一样，女儿像小燕子一样跑到刘丽的身边，抓住她的手说，“今天的班会，老师读了你的信，班里好多女生都感动得哭了，我就没哭。”

面对刘丽取得的一项项成绩，女儿知道后，很少表现出惊讶或者夸赞，她常常冷静地说，“还不错，还挺好的！”刻意把自己包装得像个大人一样。

一次，女儿参加市里的征文比赛，题目是《家乡的味道》，文章的结尾她这样写道：“在今年的5月4日，央视《大国工匠》栏目播出了大庆油田技能专家刘丽的事迹。从此，家乡的味道中又多了一种母亲的味道。”

如今，刘丽的女儿上了大学，学了采油工程专业。她说，自己毕业后，也争取进入石油领域工作，在技术革新方面做出自己的成绩。“妈妈是我的骄傲，长大后，我也要成为让她自豪的‘油三代’。”

第十五章 从巡井小路走向更高舞台

追逐儿时劳模梦

哪个人在自己的童年和少年时代，没有做过当将军、当老师、当医生、当科学家的梦呢？受父亲的影响，刘丽的梦就是劳模梦，一梦几十年，从童年、少年、青年……成为劳模的梦想，如同一盏明灯，照耀着刘丽前行的路。

1988 年 12 月，刘丽的父亲刘文生光荣离休。家中军功章的收藏盒边，又增添了一个劳动奖章的收藏盒，其中有一枚几乎和刘丽同龄的黑龙江省劳动模范奖章。

1989 年 11 月，第二采油厂举办隆重的厂庆活动，很多家属也应邀参加。那个年代的厂庆就是盛大的节日狂欢。已经上初中的刘丽和母亲一走进大院，迎面就看到了墙上的光荣榜，历年的劳模和先进人物悉数亮相，而父亲也赫然在列。那一刻她被骄傲之情所点燃。

“爸爸，那是您吗？您是全省的劳模？”

“是。爸爸在油田也是数得上的劳动能手！”

“劳模很光荣吗？”

“当然，只要你是一个劳动者，当了劳模就是最光荣的事。不过，这模范也分大小。”

“分大小？你这个多大？最大的多大？”

“爸爸这个是省级的，最大的还有国家级的，王进喜那个劳动模范就是国家级的，最光荣了。”

“爸爸，我长大了也要当模范，要当国家级的劳模。我要和您比一比。”

“好啊，不过，最好这模范也是咱大庆油田的模范。”

“那是当然。”

在少年时代，刘丽心中的劳模之梦被父亲点亮了。

刘丽说，在这之后的几十年里，她对劳模这个称号，一直是用特别崇敬的心情来对待。而当劳模这个梦想，也一直被她默默地放在心底，当成目标，不断去前进，不断去追赶，朝着父亲的方向……

2013 年 2 月，刘丽被评为“大庆油田有限责任公司杰出员工”，成了油田级劳模。

2015 年 4 月，刘丽被评为“中国石油天然气集团公司劳动模范”，“晋升”为省部级劳模。

2016 年 4 月，刘丽被中华全国总工会授予“全国五一劳动奖章”。

2019 年 5 月，刘丽入选中央广播电视总台第七季《大国工匠·匠心报国》展播名单，她的事迹《刘丽：油田里的创新能手》在《朝闻天下》栏目播出。

2020 年 11 月 24 日上午，在五年召开一次的全国劳动模范和先进工作者表彰大会上，刘丽被党中央、国务院授予“全国劳动模范”荣誉称号。刘丽登上主席台接受表彰。

前往人民大会堂参加全国劳动模范和先进工作者表彰大会的那天清晨，刘丽醒得特别早。在出发前，刘丽精心地熨烫着红工服，一下下，带着温度抚平衣服褶皱，脑海里不断浮现着穿着工服在岗位上工作的一个个画面，内心充盈着数不尽的感动和感恩。她在朋友圈发布了这样一段话：“激动，兴奋，感恩，梦想成真的一天，唯有不断努力！”

当刘丽穿着绣着宝石花的红工衣走进会场时，周围响起好多声音。

“她一定是石油人！”

“你是王进喜那儿来的吧？”

刘丽当时心里有说不出的骄傲和自豪。

代表油田员工上台领奖，刘丽感到特别光荣，特别幸福。“习近平总书记和其他中央领导非常亲切，尤其是聆听了总书记的重要讲话，我特别受鼓舞。”会场上，刘丽带着小纸条，认真聆听着，仔细记录着，生怕落下任何一个细节。

当天下午，刘丽作为5名受邀代表之一，参加了国务院新闻办公室举行的“岗位成才、奋斗圆梦”新当选全国劳模和先进工作者代表与中外记者见面会，并回答了记者提问。当天晚上，刘丽参加了由中共中央宣传部、中华全国总工会联合举办的闪亮的名字——2020“最美职工”发布仪式。刘丽获得2020“最美职工”称号。

“当工人，就要干好活，管好井，把安全当效益；当工匠，就要勇创新，勤开拓，把质量当效益；当劳模，就要汇仁心，聚合力，把效率当效益。”作为主要发言人，刘丽的表现赢得了广泛的肯定和赞赏，新时代石油人的风采在她身上得到充分彰显。

“我以自己是一名大庆石油人为荣。”这是此次北京之行刘丽最大的感受。无论是在人民大会堂接受表彰，受邀参加国务院新闻办公室举行的中外记者见面会，还是在全国2020“最美职工”发布仪式上，刘丽到哪里，她的红工衣都异常醒目、抢眼。回到大庆，天在下雪，刘丽却舍不得脱掉它，“我是沾了这身红工衣的光。在大会现场，有人看到我身穿红工服，会问‘你是大庆油田的吧？’每次我都会大声地告诉他们，‘对，我是一名大庆油田的石油工人！’”

发生在颁奖前一晚的一件事，在细微处更显刘丽劳模本色：当年的“全国劳动模范”奖章原始设计是以挂戴形式授予，后来临时决定改成别针形式，这就需要在后面重新连接别针。闻讯，刘丽主动申请参与这项“改造工程”。

刘丽（左三）参加国务院新闻办公室举行的“岗位成才、奋斗圆梦”新当选全国劳模和先进工作者代表与中外记者见面会

闻办公室
MATION OFFICE, P.R.C.

“当时我和来自齐齐哈尔市的劳模刘伯鸣一人拿一个小起子，将全省 100 多名劳模的奖章一个一个地改制成别针形式。奖章上的螺丝特别小，我俩整整拧了一天，回去后手疼得都动不了。但是我很高兴，因为我可以为每一位劳模服务。”刘丽的话语还是那么朴实，笑容依旧灿烂。

2020 年 11 月 26 日，刘丽在大庆油田召开的学习贯彻习近平总书记在全国劳动模范和先进工作者表彰大会的重要讲话精神座谈会上，与油田劳模分享了北京之行的收获。“总书记的话说到了我们的心坎儿里，油田多年来引领着我们提高创新意识和创新能力，开展创新创效活动，这才有了油田创新人才整体水平的提升。”刘丽说，“当劳模不仅光荣，更有责任和压力，也更有动力，我要以荣誉为起点，同时向更多的劳模学习。”

“最美不过劳动者！劳动最光荣、劳动最崇高，这才是真正的网红，我们需要这样的明星！”一位油田员工在大庆油田微信公众号上留下这样的时代心声。刘丽在油田拥有数不清的追随者，尤其是在全国瞩目的全国劳动模范和先进工作者表彰大会上惊艳亮相后，粉丝量已经大大超过许多明星、网红、主播。

刘丽在全国劳动模范和先进工作者表彰大会会场

“我们保障国家能源安全”

刘丽始终没有忘记父亲的教诲，是父亲的一路指引，伴随她一步步成长。这些年，刘丽还始终保持着一个习惯：每当有了成绩，刘丽总是第一时间去告慰父亲。

回到家里，她把鲜花和“全国劳动模范”奖章摆放在了父亲的照片前，把北京之行的收获一件一件向父亲默默地汇报。之后，她又到当年父亲陪她在采油48队上班时的那条井排路上走了走。

像当年在路上和父亲探讨技术问题一样，她觉得，只有在这条路上能和父亲唠唠心里话，也只有在这条路上父亲能听到她的心声。小时候，是父亲牵着她的手，领她走进人生的第一个课堂。若干年后，是父亲在路上把自己的嘱托交付给女儿。现在，依旧是在这条路上，刘丽和她工作室的“五百勇士”正在完成父辈未竟的事业——为了共和国更美好的明天。

2021年6月，在北京举行的第十五届高技能人才表彰大会上，刘丽以全国总分第一名的成绩获得“中华技能大奖”。这个奖项被誉为“中国工人院士奖”。

“以前，我觉得和航空航天、国防军工这些行业比，我们采油工的工作太普通了。”但是，她和工友们的成果入选全国40项创新资金补助项目，填补了行业内的技术空白。她走进央视《大国工匠》栏目、国务院新闻办公室新闻发布会，向全国人民展示“上下可调式盘根盒”。她在“技能中国行2020——走进核工业”活动、“中国制造日”活动中，分享创新创效经验。一点点地，她的自信心逐渐建立起来了。

现在，她自信地说：“他们保障国家国防安全，我们保障国家能源安全。”

在“大国工匠年度人物”颁奖台上，刘丽作为中国石油最普通、最基层的采油工，和来自航空航天、核工业、深海科学等行业的专家一起，并肩站在领奖台上，底气十足，自信满满。

2022年，刘丽身着红工服，在中华全国总工会、中央广播电视总台联合录制的2021年“大国工匠年度人物”发布仪式上，当选2021年“大国工匠年度人物”。她是10名获奖者中唯一的女性代表，也是石油石化系统唯一的获奖者。

刘丽说：“站在领奖台上，我穿着红工服感到无比自

大国工匠刘丽（左一）在 2021 年“大国工匠年度人物”发布仪式现场与主持人交谈

2019 年 5 月 4 日，刘丽入选中央广播电视总台第七季《大国工匠·匠心报国》展播名单，其先进事迹《刘丽：油田里的创新能手》在《朝闻天下》栏目播出

豪。因为，我身上的红是石油的‘红’，是大庆油田的‘红’，是石油工人心向党的‘红’。这套工服我要穿一辈子，这个‘红’我要在心里印一辈子！”

就在 2023 年 1 月，有一个好消息在大庆油田传开了——将有一位大家熟悉的劳模出现在万众瞩目的春晚现场。等到除夕那天晚上 8 时，央视春晚开播后，守在电视屏幕前的油田职工们，看到了熟悉的“石油红”和那亲切的面孔——全国劳动模范、大国工匠、大庆油田采油班长刘丽。

2023 年 1 月 11 日，刘丽正和徒弟们在现场干活，突然接到了电话。邀请她作为全国高技能人才代表，参加中央广播电视总台 2023 年春节联欢晚会。

刘丽一下愣住了，有点不敢相信。从小到大都是坐在家里看春晚，从来没想过有一天也能坐在春晚现场，还能在全国观众面前亮相。

2023 年央视春晚彩排的那几天，无论刘丽走到哪儿，她身上的红工服都会受到特别关注，胸前的一枚枚奖章特别闪亮，和春节喜气洋洋的氛围特别搭。让刘丽想不到的是，整个央视大楼里明星云集，但大家看到刘丽，一眼就

刘丽（第二排右一）登上央视春晚

认出她是来自中国石油的。有好多人来找她合影，她成了现场最亮的“明星”。有一位舞蹈演员跟她合影后说：“非常抱歉，我应该盛装和您合影。但还没到我的上妆时间，我怕之后没有机会了。”大家还特别关心大庆油田的情况，都说有机会想去看一看。和大家的交流中，刘丽越发地感受到了大庆油田在全国人民心目中的荣耀和地位。

整场晚会，四个多小时的节目精彩纷呈，不过当天晚上，刘丽感慨万千，想了好多好多。春节前夕，习近平总书记亲切地和塔里木油田的员工们视频连线，如今作为大庆油田的一名石油工人，能亮相春晚这样的大舞台，都充分体现了习近平总书记和党中央对石油人的殷切关怀。想到这些，在四个多小时的春晚时间里，刘丽几乎一动不动，一直挺直了腰板。无论哪个镜头扫到自己，都要让大家看到大庆油田员工的精气神儿。

“难忘经历，感恩收获。向着未来奔跑！加油！”现场观看完春晚后，刘丽在朋友圈里如是表达自己激动的心情。当天，中国石油官微发布了“春晚找人！刘丽是谁？”的活动，刘丽上春晚的画面刷爆了石油人的朋友圈。大家都感到十分振奋，为在这样的时刻看到“石油红”、看到大国工匠的身影而感到骄傲、自豪。“石油工人是我们心中最亮的星”。在直播的弹幕里，大家纷纷留言。

而刘丽依旧保持着之前获得荣誉时的平和心态。“我心里很清楚，大家在镜头里找的不仅是我，还是他们熟悉的‘大庆人’，大家找寻的是他们心中代表大庆油田的那抹‘石油红’。”

刘丽取得的部分证书

第十六章 要做党的好女儿

永远为党争光

父亲刘文生是在枪林弹雨中走过来的老党员，对中国共产党的感情特别深。上技校的时候，父亲就给刘丽设立了一个目标：入党。上班之后，提出的目标除了工作要好好干之外，还有早日入党。在父亲的影响下，加入中国共产党的理想已根植于刘丽心中。

刘丽从上技校开始就给组织写思想汇报，学习、工作上的事情和一些心得体会都写进其中，厚厚的稿纸本，刘丽写了好几本。每次写完都会给父亲看，他会逐字逐句地批改，跟女儿交流最近哪些方面工作做得还不够，哪些方面还应该加强。一本稿纸本 100 页，几天就写完了。父亲很快会去商店买一摞稿纸本回来，放在桌子上让刘丽继续写。

参加工作后，刘丽入党的心愿虽然更加强烈，但总觉得自己还有太多的不足，需要在工作中弥补。因此，她努力工作，不断地提高自己的觉悟，校正自己的人生观。上班两年后，她便郑重地向党支部递交了入党申请书。她在申请书里写道："我是在油田长大的孩子，油田的土地养育了我、党组织教导了我。我要为党的事业奉献终生，当个为党争光的人。"

在接下来的时间里，刘丽给党组织写了近百份的思想汇报。每次写完她仍然先拿给父亲看。父亲一如从前逐字逐句地批改，和刘丽交流哪些方面做得很好，需要继续发扬；哪些方面做得还不够，需要努力。父亲告诉刘丽："一个人从组织入党，那是一生一次，但是从思想入党，那是一生一世。"刘丽谨记父亲的教诲，踏踏实实干

2016 年刘丽获得“黑龙江省全省优秀共产党员”称号

好每一件事，把事业放心上，把责任扛肩上，在平凡的岗位上践行党的宗旨、报答党的恩情。

采油二矿以及采油 48 队的领导不仅在工作中持续锻炼这名好员工，政治上也在关心培养这个积极上进的好苗子。尤其是时任采油 48 队队长迟梅花，像对待自己的孩子一样关心她、爱护她、指导她，不断地做她的思想工作，让她对加入党组织的意义有了更深刻的理解，认识到自己要想成为一名光荣的共产党员还有更长的路要走。只有加倍努力，才能实现人生的目标。

1997 年 5 月的一天，采油二矿组织义务献血，刘丽主动要求献血。按照规定，献血后可以休息几天，但刘丽献完血就直接回到了工作岗位。她如此拼命，不仅是入党申请书给她的力量，更多的是想弥补半脱岗上职工大学的这些年同事们对自己的付出。那几年，经常会遇到集中学习的安排，为了不影响刘丽的学习，同事们都会主动把她的工作接过去完成，让她安心地学习。生性好强的刘丽自然也会尽可能地抢时间弥补。

就在献血后的当天下午，队上一口抽油机出了问题，需要调防冲距。防冲距是抽油机光杆在下行过程中，为了防止活塞撞击固定阀而上提的距离，当发生碰泵时，应调大防冲距；当发生上刮或者活塞脱出时，应调小防冲距。科学合理地调整防冲距是增加泵效的方法之一。

刘丽得知情况后，立即赶到了现场。调防冲距是一项力气活，整个过程对体力消耗较大。刘丽刚刚献完血，身体还有些虚弱，但她没顾得上许多，直接就上手干了起来。没过多一会儿，就累得满头大汗直喘粗气。

刘丽意识到自己的体力严重不足，刚要站起来的时候，一阵严重的眩晕感立刻袭来，身子一晃，向前倾了过去，头部碰到坚硬的机体上，左眉处被划开一道近两厘米的口子，鲜血顿时顺着额头淌了下来。血染红了沾满油污的衣襟，刘丽眼前一黑就晕了过去。

当刘丽醒来的时候，已经躺在了医院。同事们都赶来探望她，关切地问这问那。好在额头的伤口并不算大，缝了几针，短时间会影响一点儿容貌，并无大碍。大家一再叮嘱她要好好休息几天，就纷纷离去了。

送走了领导和同事后，刘丽躺在床上，望着窗外的蓝天、白云，脑海里不时浮现出那口还没调完防冲距的油井。

第二天早上，还是在那口井，刘丽工作的身影又出现了。

“自己的工作自己干，不能推给别人。”这是刘丽自我约束的行为准则之一。

“那是谁？”井组的两名同事异口同声问道。“是刘丽！”另外一名同事惊讶地说。

面对此时的刘丽，她们心中不只是一种感动，更多的是敬服。刘丽就是这样一个人，她的生命已经和自己深爱的岗位紧紧联系在一起，形成了根植于血肉的习惯，从来不需要提醒。虽然此时的她还不是共产党员，但她一直都是按照共产党员的标准来要求自己的。她要做父亲的接班人、企业的好员工，更要做党的好女儿。

1998 年 8 月，刘丽成为一名光荣的中国共产党党员。这一天，她在日记中这样写道：“为了这光荣的称号，献身采油事业，永葆石油人的赤子之心，为光荣的大庆油田尽我所能、献我所有。”

作为一名战斗在采油一线的共产党员，刘丽用实际行动践行着自己的誓言，坚持“当个好工人”的初心，不断用一份又一份耀眼的成绩向伟大的祖国和党组织献礼：2012 年，她被评为“大庆油田优秀共产党员”；2016 年，又获得“黑龙江省全省优秀共产党员”称号；2019 年，获得“中国石油天然气集团有限公司优秀共产党员”称

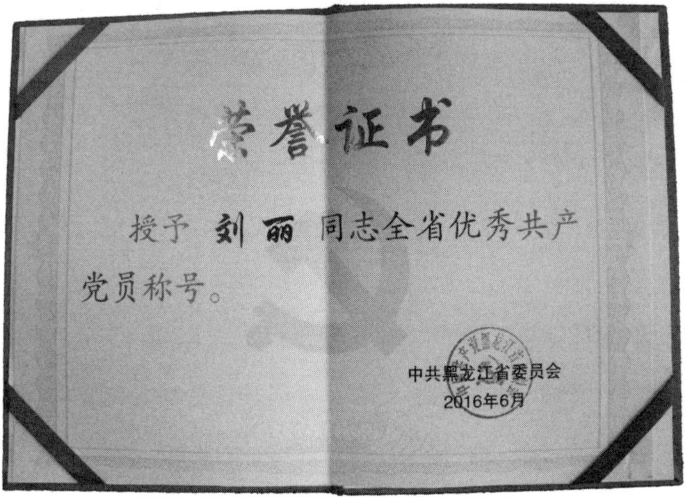

刘丽获得的“全省优秀共产党员”荣誉证书

号……这一连串闪光的印迹，串联起大国工匠另一番壮美的人生风景。

走上“党代表通道”

在 20 多年的党龄中，最让刘丽感到难以忘怀的，还是 2022 年光荣当选党的二十大代表、走上“党代表通道”的那段经历。

能够亲耳聆听习近平总书记作报告，刘丽深感震撼、振奋，总书记的声音洪亮坚定，不断引发共鸣，刘丽一次次热泪盈眶。当看到党的二十大报告中提出了一系列关于保障能源安全等与石油人密切相关的内容，刘丽的内心沸腾了，深受鼓舞，身上好像有使不完的劲儿。在会场上，刘丽认真记录着，思考着，想着把更多的内容带给身边的同事。

会议的闲暇期间，刘丽经常与其他党代表交流，向他们介绍大庆油田的发展历程与现状，与他们交流分享革新创效的经验与体会，展现保障国家能源安全的使命与担当。

除了能够成为党的二十大代表，更让刘丽感到激动的是，她作为黑龙江省和石油行业唯一走上党的二十大“党代表通道”的党代表，面向全世界介绍大庆油田的发展情况。

得知这个消息的时候，刘丽内心倍感激动、荣耀，也感到压力很大。“大家都特别关注我们大庆油田的发展情况，大庆油田还有没有油、大庆油田还能采多长时间、大庆油田的未来什么样，都是关注的焦点。”在撰写发言稿的时候，刘丽修改了数十稿，反复推敲。

在前夜，刘丽翻来覆去，怎么也睡不着。她在日记本中写道："作为大庆油田最基层的一名采油女工、一名党员，我做梦也想不到自己能够站到这么高的平台上。是党的教育和关怀，让我一步步成长。我一定要不忘初心跟党

党的二十大代表刘丽在"党代表通道"

走、牢记使命报党恩，有一分热、发一分光。”

10月22日，刘丽身穿红工装，胸前佩戴着党代表证，阔步走进了“党代表通道”的采访区，接受中外记者的采访。站在话筒前的她，腰杆挺直、面带微笑，充满“我当个石油工人多荣耀”的骄傲与自豪。

13时48分，中国国际电视台记者向刘丽提问：“能源安全全球关注，大庆一直是中国的重要能源产区，跨越了半个多世纪，大庆是不是‘老了’？还能不能稳定产油，甚至何时会枯竭一直是国际关心的问题，您可以和我们讲讲那里的发展情况吗？”

刘丽知道，这个问题既是对大庆油田未来发展的关注，又是对中国石油在新时代扛起保障国家能源安全重任的关切与期待。刘丽对着镜头自信地说：“借这个机会，我非常荣幸地代表大庆石油人告诉大家：今天的大庆油田已经从过去的‘一油独大’变为‘油气并举’，同时从传统能源向新能源领域迈进，从国内走向了国外，目前依然保持着旺盛的生机和活力，正满怀信心朝着建设百年油田的目标前进。”

采访最后，刘丽的一段话道出了百万名石油人的心声：“作为新时代的石油工人，我们一定牢记习近平总书记的嘱托，大力弘扬大庆精神、铁人精神，当好标杆旗帜、建设百年油田，加大油气勘探开发力度，把能源的饭碗牢牢端在自己手里，以实际行动为保障国家能源安全和全面建设社会主义现代化国家贡献石油力量。”

同一时间，远在千里之外的刘丽的同事们也在电视屏幕前共同期待着这一激动人心的时刻。当看到刘丽出现在屏幕上时，大家纷纷鼓掌。“是刘姐！”“太自豪了！”赞叹声、欢呼声此起彼伏。当看到刘丽在“党代表通道”上坚定地说出“我们一定努力为国家多找油气、多产油气”的时候，大家作为石油人的荣耀感油然而生。

会议期间，刘丽在短短几天密集接受了《人民日报》、新华社、中央广播电视总台、《工人日报》等近40次采访，各大媒体、网站对大庆油田的报道有1800多次。大家由衷赞叹的是大庆油田这片热土、是大庆油田做出的巨大贡献、是党领导石油工业取得的辉煌成就，大家期待的是科技的水平能更高一些、大庆油田产的油能更多一些、老百姓的日子能更好一些。

10月25日，党的二十大闭幕后的第二天，刘丽刚下飞机，就赶紧回到工作室，急切着跟工作室的成员们讲自己参会的感受。

走进工作室的院子，大家就围了上来。邹继艳拉着刘丽的手激动地问："刘姐，你真的见到总书记了吗？"徒弟汲红军说："师傅，你这身红工服太鲜艳了，我们在电视上，一眼就能找到你！"大家围着刘丽，对报告中关注的内容问个不停，你一言我一语，满是激动。

"这次参加党的二十大，我的感触特别深。总书记的报告讲到了许多和咱们日常工作息息相关的内容，尤其是提到了'要加大油气勘探资源开发和增储上产力度'。在会场，这句话我反复默念了好多遍，如今我们的祖国发生了翻天覆地的变化，从贫油落后变成了能源大国，可是我国石油对外依存度依然很高。我们必须得好好学技术、练技能，为端牢能源的饭碗作出贡献。"刘丽的一席话语重心长，在场的成员都深以为然。

刘丽的代表证、开会时做的笔记、会议期间相关的报纸，大家相互传阅，认真翻看。刘丽把带回来的党的二十大纪念首日封送给大家，大家都小心翼翼地拿着这小小的纪念品，摸了又摸，看了又看，就好像自己也亲历了党的二十大一样。

"我始终记着'铁人'说过的话：讲进步不要忘了党。我就是一个普通采油女工，一切荣誉都是党给我的，是各

刘丽（左四）出席党的二十大归来，与工作室成员分享体会

级党组织关怀培养的结果。”在面向大庆油田干部员工分享党的二十大体会的时候，刘丽动情地说道。尽管取得的荣誉与成绩越来越多，但刘丽心里始终保持着刚入党时候的初心，要做党的好女儿。无论取得什么样的荣誉，都踏踏实实干好每一件事，把事业放心上，把责任扛肩上，有一分热，发一分光。

后　记

我和刘丽是同事，都是中国石油大庆油田第二采油厂的员工。我和她结识于2011年的一次采访，当时，《中国石油报》记者来厂里采访“革新能手”，我作为厂党委宣传部的干事参与其中，而刘丽便是其中一位“革新能手”。

当时，刘丽留着清爽的短发，眼带笑意，像邻家姐姐般朴实、亲切。从那时起，我和她就结下了不解之缘。

从一名普通的采油女工成长为全国劳动模范，从采油小队的巡井路走上“大国工匠”的领奖台，从一名党员走上“党代表通道”，刘丽说，能够取得今天的成绩就在于坚守平凡、初心不改。

刘丽确实是一个平凡的人，参加工作30余年，一直扎根在采油一线，无论什么时候见到她，都是一身红工服、一双黑工鞋。她很少化妆，常年在采油一线风吹日晒，使她的肤色稍显黝黑。

刘丽虽然平凡，却不普通，她有一颗坚定的心。

刘丽说，她上班的第一天，父亲就叮嘱她："岗位不分高低，但贡献有大小，无论在什么岗位，都要做个对油田有用的人。"

参加工作以来，刘丽牢记父亲的嘱托，始终怀揣一颗感恩之心，坚持干工作要为油田负责一辈子，把全部精力和满腔热情都倾注到采油事业上。

"虽然我们身在平凡岗位，但只要做个有心人，就能让小革新解决大问题，让小技巧体现大智慧，让小创意创造大效益。可能我们搞的革新项目不起眼儿，只能为油田节省几百元、增油一两吨，但如果我们一线员工人人都能想点子、提建议、搞革新，那创造的效益、增加的产量得是多么惊人啊！"

"这么多年在技术创新的路上默默坚守，我有过茫然，有过委屈，也有过辛酸，但我的信念和初心从来没有改变过，在坚守中，我收获了自信。"刘丽说。

刘丽的大部分时间不是在工作室做设计，就是和同事在现场处理故障、解决问题，不分白天黑夜地忙碌。常常是徒弟帮她准备的午饭，放到晚上也来不及吃；家里的大事小情，几乎都是爱人在承担；孩子成长的很多重要时刻，她也总是缺席；每天夜里12点之后才休息，这个习惯她已经坚持了将近20年。

我问刘丽，这么多年如此辛苦劳累，能够坚持下来的动力是什么。

刘丽告诉我："说实话，有时会有点累，但当看到学员们捧起大赛奖杯，把奖牌放到我手中的那一刻，我认为值得！当看到我这些年编写的培训教材走进基层井场，成为百万石油人学习的'口袋书'的那一刻，我认为值得！当看到我研制的创新成果在现场应用，为员工们带来便利，为生产解决难题的那一刻，我认为一切都值得！"

2022年，刘丽光荣当选党的二十大代表，并走上了"党代表通道"，向全国人民介绍了大庆油田的发展情况。后来，我采访她，问她参会时的感受，她说："我只是做了该做的工作、尽了应尽的义务，组织上却给了我这么高的荣誉。我深知，无论走得多高多远，我的舞台始终在井场，我的岗位就是油水井，我的根就在生产一线。这身红工服我已经穿了近30年，未来我还要无比感恩、无比自豪地穿着它，继续书写新的精彩！"

2024年3月7日，春寒料峭。我和刘丽走在采油48队的巡井路上，闻着熟悉的石油香，听着抽油机脉搏的跳动和均匀的呼吸，摸着采油树管线里滚滚流淌的炽热，我感觉刘丽已经和石油紧紧地融合在了一起。

在刘丽工作室的墙上，“永不停步的超越”这七个红字十分显眼。我曾多次参加刘丽工作室的革新研讨会，每次在会上，刘丽总是鼓励大家：“现在我们赶上了好时代，各级组织给产业工人搭建了成长和创新的大好平台。我们应该端好技术这个‘金饭碗’，练就金刚钻，干出高标准、干出精气神、干出高质量，用新技术多增油、多增气。”

刘丽永不停步，我写“刘丽”、研究“刘丽”也不会停步。

肖滋奇

于大庆油田，2024年3月29日

图书在版编目（CIP）数据

刘丽：油田里的创新能手 / 肖滋奇著. —北京：
中国工人出版社，2024.4
ISBN 978-7-5008-8418-7

Ⅰ. ①刘… Ⅱ. ①肖… Ⅲ. ①传记文学－中国－当代 Ⅳ. ①I25

中国国家版本馆CIP数据核字（2024）第070542号

刘丽：油田里的创新能手

出 版 人	董　宽
责任编辑	葛忠雨
责任校对	张　彦
责任印制	黄　丽
出版发行	中国工人出版社
地　　址	北京市东城区鼓楼外大街45号　邮编：100120
网　　址	http://www.wp-china.com
电　　话	（010）62005043（总编室）　62005039（印制管理中心） （010）62379038（社科文艺分社）
发行热线	（010）82029051　62383056
经　　销	各地书店
印　　刷	三河市万龙印装有限公司
开　　本	880毫米×1230毫米　1/32
印　　张	6.25
字　　数	55千字
版　　次	2024年5月第1版　2024年5月第1次印刷
定　　价	49.00元
